공부 잘하는 아이, 독서 잘하는 아이로 키우려면
어휘력 먼저 키워 주어야 합니다!

공부 잘하고 책 잘 읽는 똑똑한 아이들에게는 공통점이 있습니다. 바로 그 아이들이 알고 있는 단어가 많다는 것입니다. 어휘력이 좋아서 책을 잘 읽는 것은 이해가 되는데, 어휘력이 좋아야 공부도 잘한다는 것은 설명이 좀 필요할 것 같습니다. 다음 말을 읽고 곰곰이 한번 생각해 보세요.

"사람은 자신이 아는 단어의 수만큼 생각하고 표현한다."
"하나의 단어를 아는 것은 그 단어를 둘러싸고 있는 세상을 아는 것이다."

이 말에 동의한다면 왜 어휘력이 좋아야 공부를 잘하는지 알 수 있을 것입니다. 공부는 세상을 이해하고 자신을 표현하는 일련의 과정이기 때문에, 어휘력을 키우면 세상을 이해하는 능력과 사고력이 자라서 공부를 잘하는 바탕이 마련됩니다.

예를 들어 볼까요? 두 아이가 있습니다. 한 아이는 '알리다'라는 낱말만 알고, 다른 아이는 '알리다' 외에 '안내하다', '보도하다', '선포하다', '폭로하다'라는 낱말도 알고 있습니다. 첫 번째 아이는 어떤 상황이든 '알리다'라고 뭉뚱그려 생각하고 표현합니다. 하지만 두 번째 아이는 길을 알려 줄 때는 '안내하다'라는 말을, 신문이나 TV에서 알려 줄 때는 '보도하다'라는 말을, 세상에 널리 알릴 때는 '선포하다'라는 말을 씁니다. 또 남이 피해를 입을 줄 알면서 알릴 때는 '폭로하다'라고 구분해서 말하겠지요. 이렇듯 낱말을 많이 알면, 보다 정확하게 이해하고 정교하게 표현할 수 있습니다.

〈세 마리 토끼 잡는 초등 어휘〉는 아이들의 어휘력을 키워 주려고 탄생했습니다. 아이들이 낱말을 재미있고 ㅈ효율적으로 배울 뿐 아니라, 낯선 낱말을 만나도 그 뜻을 유추해 내도록 이끄는 것이 〈세 마리 토끼 잡는 초등 어휘〉의 목표입니다. 공부 잘하는 아이, 독서 잘하는 아이로 키우고 싶다면, 이 글을 읽는 순간 이미 목적지에 한 발다가선 것입니다. 〈세 마리 토끼 잡는 초등 어휘〉가 공부 잘하는 아이, 독서 잘하는 아이로 책임지고 키워 드리겠습니다.

세 마리 토끼 잡는 초등 어휘 는 어떤 책인가요?

1 한자어, 고유어, 영단어 세 마리 토끼를 잡아 어휘력을 통합적으로 키워 주는 책

〈세 마리 토끼 잡는 초등 어휘〉는 한자어와 고유어, 영단어 실력을 단단하게 만들어 주는 책입니다. 낱말 공부가 지루한 건, 낱말과 뜻을 1:1로 외우기 때문입니다. 이렇게 공부하면 낯선 낱말을 만났을 때 속뜻을 헤아리지 못해 낭패를 보지요. 〈세 마리 토끼 잡는 초등 어휘〉는 속뜻을 이해하면서 한자어를 공부하고, 이와 관련 있는 고유어와 영단어를 연결해서 공부하도록 이루어져 있습니다. 흩어져 있는 글자와 낱말들을 연결하면 보다 재미있게 공부하고 오래 기억할 수 있습니다.

2 한자가 아니라 '한자 활용 능력'을 키워 주는 책

많은 아이들이 '날 생(生)' 자는 알아도 '생명', '생계', '생산'의 뜻은 똑 부러지게 말하지 못합니다. 한자와 한자어를 따로따로 공부하기 때문이지요. 〈세 마리 토끼 잡는 초등 어휘〉는 한자를 중심으로 다양한 한자어를 공부하도록 구성하여 한자를 통해 낯설고 어려운 낱말의 속뜻도 짐작할 수 있는 '한자 활용 능력'을 키워 줍니다.

3 교과 지식과 독서·논술 실력을 키워 주는 책

〈세 마리 토끼 잡는 초등 어휘〉는 추상적인 낱말과 개념어를 잡아 주는 책입니다. 고학년이 되면 '사고방식', '민주주의' 같은 추상적인 낱말과 개념어를 자주 듣게 됩니다. 이런 어려운 낱말은 아이들의 책 읽기를 방해하고 공부에 대한 흥미를 잃게 하지요. 하지만 〈세 마리 토끼 잡는 초등 어휘〉로 공부하면 낱말과 지식을 함께 익힐 수 있어서, 교과 공부는 물론이고 독서와 논술을 위한 기초 체력도 기를 수 있습니다.

세 마리 토끼 잡는 초등 어휘 는 어떻게 이루어져 있나요?

1 전체 구성

〈세 마리 토끼 잡는 초등 어휘〉는 다섯 단계(총 18권)로 이루어져 있습니다.

단계	P단계	A단계	B단계	C단계	D단계
대상 학년	유아~초등 1년	초등 1~2년	초등 2~3년	초등 3~4년	초등 5~6년
권 수	3권	4권	4권	4권	3권

2 권 구성

〈세 마리 토끼 잡는 초등 어휘〉한 권은 내용에 따라 PART1, PART2, PART3으로 나누어져 있습니다.

PART1 핵심 한자로 배우는 기본 어휘(2주 분량)

10개의 핵심 한자를 중심으로 한자어와 고유어, 영단어를 익히는 곳입니다. 한자는 단계에 맞는 급수와 아이들이 자주 듣는 낱말이나 교과 연계성을 고려해 선별하였습니다. 한자와 낱말은 한눈에 들어오게 어휘망으로 구성하였고, 다양한 활동을 통해 낱말의 뜻을 익힐 수 있게 꾸렸습니다. 또한 교과 관련 낱말을 별도로 구성해서 교과 지식도 함께 쌓을 수 있습니다.

단계별 구성(P단계에서 D단계로 갈수록 핵심 한자와 낱말의 난이도가 높아지고, 낱말 수도 많아집니다.)

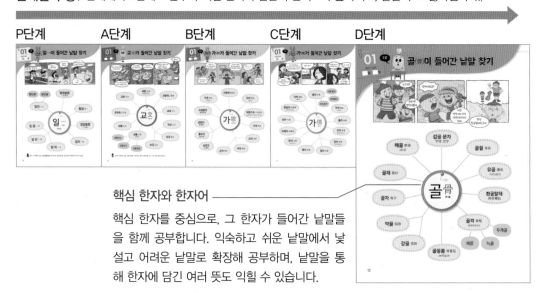

핵심 한자와 한자어 ————

핵심 한자를 중심으로, 그 한자가 들어간 낱말들을 함께 공부합니다. 익숙하고 쉬운 낱말에서 낯설고 어려운 낱말로 확장해 공부하며, 낱말을 통해 한자에 담긴 여러 뜻도 익힐 수 있습니다.

PART 2 뜻을 비교하며 배우는 관계 어휘(1주 분량)

관계가 있는 여러 낱말들을 연결해서 공부하는 곳입니다. '輕(가벼울 경)', '重(무거울 중)' 같은 상대되는 한자나, '동물', '종교' 등 하나의 주제를 중심으로 관련 있는 낱말들을 모아서 익힐 수 있습니다.

상대어로 배우는 한자어
상대되는 한자를 중심으로 상대어들을 함께 묶어 공부합니다. 상대어를 통해 어휘 감각과 논리력을 키울 수 있습니다.

주제로 배우는 한자어
음식, 교통, 방송, 학교 등 하나의 주제와 관련 있는 낱말을 모아서 공부합니다.

PART 3 소리를 비교하며 배우는 확장 어휘(1주 분량)

소리가 같거나 비슷해서 헷갈리는 낱말이나, 낱말 앞뒤에 붙는 접두사·접미사를 익히는 곳입니다. 비슷한말을 비교하면서 우리말을 좀 더 바르게 쓸 수 있습니다.

헷갈리는 말 살피기
'가르치다/가리키다', '~던지/~든지'처럼 헷갈리는 말이나 흉내 내는 말을 모아 뜻과 쓰임을 비교합니다.

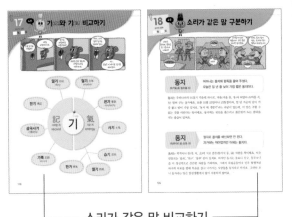

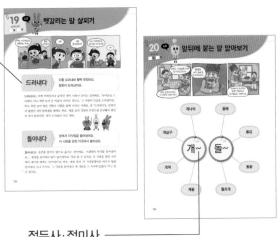

소리가 같은 말 비교하기
소리가 같은 한자를 중심으로, 소리는 같지만 뜻이 다른 동음이의어를 공부합니다.

접두사·접미사
'~장이/~쟁이'처럼 낱말 앞뒤에 붙어 새로운 뜻을 더하는 접두사·접미사를 배웁니다.

세 마리 토끼 잡는 초등 어휘 1일 학습은 **어떻게** 짜여 있나요?

어휘망

어휘망은 핵심 한자나 글자, 주제를 중심으로 쓰임이 많은 낱말을 모아 놓은 마인드맵입니다. 한자의 훈음과 관련 낱말들을 익히면, 한자를 이용해 낱말들의 속뜻을 짐작할 수 있습니다.

먼저 확인해 보기

미로 찾기, 십자말풀이, 색칠하기 등 다양한 활동을 하며 낱말의 뜻을 정확히 알고 있는지 확인할 수 있습니다.

익숙한 말 살피기

낱말을 아이들 눈높이에 맞춰 한자로 풀어 설명합니다. 한자와 뜻을 연결해 공부하면서 한자를 이용한 속뜻 짐작 능력을 키울 수 있습니다.

교과서 말 살피기

교과 내용을 낱말 중심으로 되짚어 봅니다. 확장된 지식과 낱말 상식 등을 함께 공부할 수 있습니다.

특별 구성

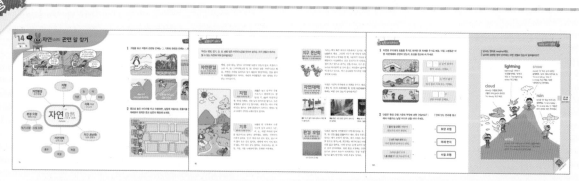

★ '주제로 배우는 한자어'는 동물, 학교, 수 등 주제를 중심으로 관련 어휘를 확장해서 공부합니다.

속뜻 짐작 능력 테스트

앞에서 배운 내용을 잘 이해했는지 확인하고, 핵심 한자를
활용해 낯설거나 어려운 낱말의 뜻을 스스로 짐작해 봅니다.

어휘망 넓히기

관련 있는 영단어와 새말 등을
확장해서 공부할 수 있습니다.
QR 코드를 찍으면 영어 발음을
듣고 배울 수 있습니다.

재미있는 우리말 유래 / 이야기

재미있는 우리말 유래/이야기

한 주 학습을 마치면, 우리말 유래나 우리
말에 얽힌 이야기를 소개하는 재미있는 만
화가 기다리고 있습니다.

★ '헷갈리는 말 살피기'는 소리가 비슷한 낱말들을 비교할 수 있게 구성하였습니다.

세 마리 토끼 잡는 초등 어휘 이렇게 공부해요

1 매일매일 꾸준히 공부해요

〈세 마리 토끼 잡는 초등 어휘〉는 매일 6쪽씩 꾸준히 공부하는 책이에요. 재미있는 활동과 만화가 있어서 지루하지 않게 공부할 수 있지요. 공부가 끝나면 '○주 ○일 학습 끝!' 붙임 딱지를 붙이고, QR 코드를 이용해 영어 발음도 들어 보세요.

2 또 다른 낱말도 찾아보아요

하루 공부를 마치고 나면, 인터넷 사전에서 그날의 한자가 들어간 다른 낱말들을 찾아보세요. 아마 '어머, 이 한자가 이 낱말에 들어가?', '이 낱말이 이런 뜻이었구나.'라고 깨달으며 새로운 즐거움에 빠질 거예요. 새로 알게 된 낱말들로 나만의 어휘망을 만들면 더욱 도움이 될 거예요.

3 보고 또 봐요

〈세 마리 토끼 잡는 초등 어휘〉는 PART1에 나온 한자가 PART2나 PART3에도 등장해요. 보고 또 보아야 기억이 나고, 비교하고 또 비교해야 정확히 알 수 있기 때문이지요. 책을 다 본 뒤에도 심심할 때 꺼내 보며 낱말들을 내 것으로 만들어 보세요.

한 주 학습표	월	화	수	목	금	토
	매일 6쪽씩 학습하고, '○주 ○일 학습 끝!' 붙임 딱지 붙이기					주요 내용 복습하기

세마리 토끼잡는 초등 어휘

C단계 2권

주	일차	단계		공부할 내용	교과 연계 내용
1주	1	PART1 (기본 어휘)		령(領)	[사회 6-2] 우리와 가까운 나라 살펴보기
	2			식(式)	[수학 2-1] 덧셈과 뺄셈의 관계 알기
	3			견(見)	[국어 5-2] 견문과 감상 구분하기
	4			부(部)	[체육 3] 건강을 위한 활동 알아보기
	5			필(必)	[사회 4-1] 우리 지역의 역사적 인물 알아보기
2주	6			점(店)	[사회 6-1] 대한민국의 미래와 평화 통일에 대해 알아보기
	7			가(街)	[사회 5-2] 조선의 문화 살펴보기
	8			개(個)	[사회 4-2] 일상생활 속 다양한 문화 알기 [국어 5-1] 상황에 맞는 낱말 사용하기
	9			거(巨)	[사회 5-2] 선사 시대의 생활 살펴보기 [사회 6-2] 세계 여러 나라의 모습 살펴보기
	10			청(廳)	[사회 5-2] 조선의 건국 과정 알아보기
3주	11	PART2 (관계 어휘)	상대어	빈부(貧富)	[사회 6-1] 조선의 농민 봉기 살펴보기
	12			승패(勝敗)	[사회 6-2] 세계 여러 지역의 문화 알아보기
	13			동서고금 (東西古今)	[사회 3-2] 옛날과 오늘날 모습 비교하기 [과학 4-2] 물과 얼음 관찰하기
	14		주제어	신분(身分)	[사회 5-2] 고구려, 백제, 신라의 건국과 발전 과정 살펴보기 [사회 6-2] 세계의 다양한 문화 알아보기
	15			도시(都市)	[사회 4-1] 도시의 발달과 주민 생활 살펴보기
4주	16	PART3 (확장 어휘)	동음이의 한자	신(新/信/身)	[사회 3-2] 다른 환경 속 다른 문화 살펴보기
	17			고(古/告/考)	[국어 5-2] 매체의 의사소통 알아보기
	18		소리가 같은 말	과거(科擧)/과거(過去) 양식(洋食)/양식(樣式) 신부(神父)/신부(新婦) 분수(分數)/분수(噴水)	[국어 4-2] 소리가 같지만 뜻이 다른 낱말 알아보기 [국어 5-1] 상황에 맞는 낱말 사용하기 [국어 5-1] 낱말의 뜻 살펴보기
	19		헷갈리는 말	어이/어의(御醫) 내력(來歷)/내역(內譯) 기일(期日)/기한(期限)	[국어 3-1] 낱말의 뜻 정확히 알고 사용하기 [극어 5-1] 발음이 같거나 비슷한 낱말 구별하기 [국어 5-2] 발음과 표기가 혼동되는 낱말 바르게 사용하기
	20		접두사/ 접미사	한~	[사회 3-2] 달라진 의식주 살펴보기 [과학 6-2] 계절에 따라 달라지는 모습 찾아보기

contents

자, 준비됐니?
토야와 같이
출발~!

PART 1

PART1에서는 핵심 한자를 중심으로
우리말과 영어 단어, 교과 관련 낱말 들을 공부해요.

령(領)이 들어간 낱말 찾기

대령 大領

중령 中領

대통령 大統領

소령 少領

영사관 領事館

령領

거느릴 령/영

영주 領主
lord

요령 要領
trick

영역 領域
territory

영수증 領收證
receipt

영내 領內

영토

횡령 橫領

점령 占領

영공

영해

 '령(領)' 자에는 대통령이나 대령같이 '우두머리'라는 뜻과
점령처럼 '차지하다'라는 뜻, 영수증처럼 '받다'라는 뜻이 있어요.

1 길을 잃은 친구가 무사히 집에 돌아갈 수 있도록 설명에 알맞은 팻말을 따라가 보
  세요.

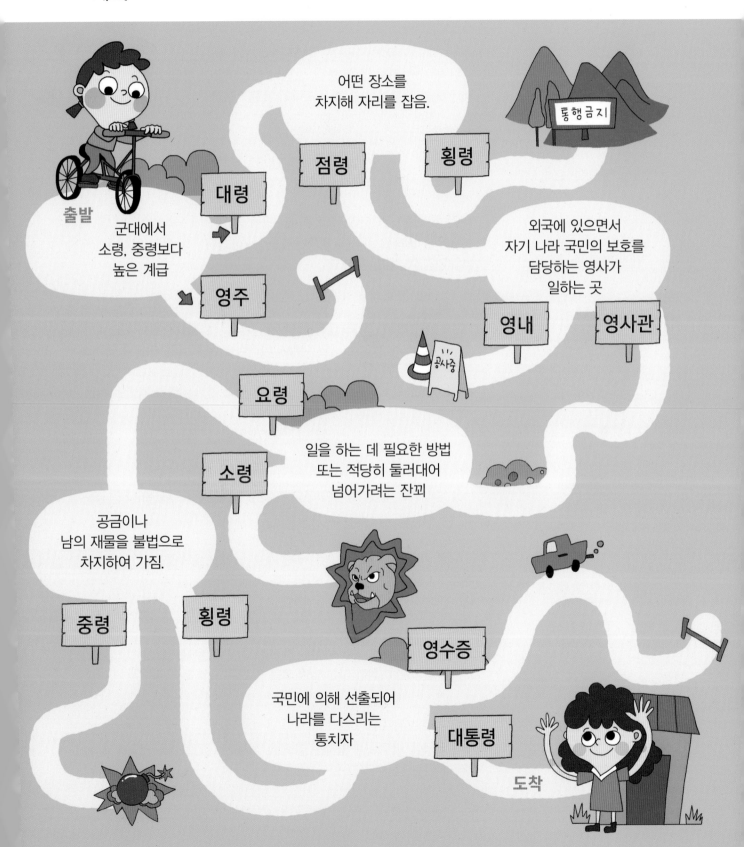

대통령
大(큰 대) 統(거느릴 통)
領(거느릴 령/영)

대통령은 국민에 의해 선출되어 나라를 다스리는 국가의 통치자를 말해요. 그래서 대통령을 중심으로 운영되는 통치 제도(마를/법도 제, 制)를 대통령제라고 해요.

대령 / 중령
大(큰 대) 領(거느릴 령/영)
中(가운데 중)

우리나라 군대에는 '거느릴 령/영(領)' 자가 들어간 계급이 있어요. 바로 대령, 중령, 소령이에요. 대령이 가장 계급이 높고, 다음은 중령, 마지막이 '소령'이에요.

영주
領(거느릴 령/영) 主(주인 주)

중세 유럽에서는 왕이 지방의 권력자에게 땅을 나누어 주고 다스리게 했어요. 그 땅에 살고 있는 사람들을 관리하며 땅의 주인(주인 주, 主)처럼 권리를 누렸던 사람을 영주라고 해요.

영역
領(거느릴 령/영) 域(지경 역)

'여긴 내 활동 영역이야.'라고 할 때, 활동 영역은 내 움직임이 영향을 미치는 구역을 말해요. 이처럼 영역은 활동, 관심, 생각, 힘 등이 미치는 일정한 범위(지경 역, 域)를 뜻해요.

영내
領(거느릴 령/영) 內(안 내)

영내는 한 나라가 다스릴 수 있는 지역을 말해요. 영내에는 '영토', '영해', '영공'이 있는데 각각 한 나라가 다스리는 땅과 바다, 하늘을 뜻해요.

점령
占(점칠 점) 領(거느릴 령/영)

점령은 어떤 장소를 차지해 자리 잡는 거예요. 힘센 나라가 약한 나라를 공격해 영토를 차지하고 자신의 나라 밑에 두고 다스리는 것이지요. 비슷한말로 '의거할 거(據)' 자를 사용한 '점거'가 있어요.

횡령
橫(가로 횡) 領(거느릴 령/영)

'회삿돈을 횡령했다.'라는 말을 들어 본 적 있나요? 이 말은 회사에서 쓰는 돈을 불법으로 가졌다는 뜻이에요. 이처럼 횡령은 남의 재산이나 공금을 불법으로 차지한 것을 말해요. 비슷한말로 '가로채다'가 있어요.

영수증
領(거느릴 령/영) 收(거둘 수)
證(증거 증)

'거느릴 령/영(領)' 자에는 '받다'라는 뜻이 있어요. 영수증은 물건이나 돈을 받아(거느릴 령/영, 領) 거두었다는(거둘 수, 收) 증거(증거 증, 證)가 되는 문서예요.

요령
要(구할 요) 領(거느릴 령/영)

요령은 적당히 꾀를 내어 넘기는 것 또는 일을 하는 데 필요한 방법을 가리키는 말이에요. 어휘를 많이 알면 글을 잘 쓰는 요령을 터득할 수 있어요.

영사관
領(거느릴 령/영) 事(일 사)
館(집/객사 관)

'영사'는 외국에 사는 자기 나라 국민을 위해 일하는 외교 공무원이에요. 영사가 외국에 머무르며 일하는 장소(집/객사 관, 館)를 영사관이라고 해요. 외국에 있는 관공서라고 할 수 있지요.

세계 곳곳의 자치령과 보호령

세계에서 땅이 가장 넓은 나라는 어디일까요? 지금은 러시아지만 예전에는 영국이었어요. 한때는 영국을 '해가 지지 않는 나라'라고 했어요. 세계 곳곳에 영국의 식민지가 있었는데, 이 중 많은 나라가 영국이 밤일 때에도 밝은 낮이었기 때문이었지요. 영국은 식민지를 '자치령'이란 형태로 다스렸어요. 자치령(스스로 자 自, 다스릴 치 治, 거느릴 령/영 領)은 한 나라의 지배를 받지만 그 나라의 간섭 없이 스스로 다스리는 지역을 말해요. 지금은 자치령 대신 '영국 연방'이란 말을 사용해요.

한편 다른 서유럽 나라들은 아시아, 아프리카를 점령하고 그 지역을 '보호령'으로 다스렸어요. 보호령은 토착민의 우두머리가 스스로 점령 국가의 보호 아래 들겠다고 협정해서 지배받는 지역을 말해요. 베트남과 모로코는 한때 프랑스의 보호령이었지만 현재는 독립을 이룬 국가예요.

〈영국 연방에 속한 나라들〉

'토착민'은 오래전부터 대대로 그 땅에서 살아온 사람들을 말해요. 고유어로는 '본토박이'라고 하고, 줄여서 '토박이'라고도 해요. 이때 사용한 '~박이'는 본토박이, 장승박이처럼 무엇이 한곳에 고정되어 있다는 뜻이에요.

1 다음 상황을 보고, 빈칸에 공통으로 들어갈 낱말을 찾아 ○ 하세요.

요령	소령	강령	대령

2 설명에 해당하는 낱말 두 개가 글자판에 숨어 있어요. 두 낱말을 찾아 ○ 하세요.

남의 것을 옳지 않은
방법으로 차지하는 거야.

조	가	구	신
술	로	횡	령
리	채	진	호
영	다	형	민

3 속뜻 짐작 빈칸에 들어갈 낱말을 선으로 이어 주세요.

☐ 은/는 중세 유럽에서 왕이
나눠 준 땅을 다스리던 사람이에요. •

• 영주

☐ 은/는 돈이나 물건 등을
받는 것을 말해요. •

• 수령

16

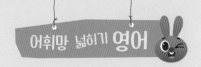

우리나라 대통령이 머무는 관저는 청와대예요.
다른 나라 정상들이 지내는 관저는 영어로 무엇이라고 하는지 알아볼까요?

White House

White House는 '백악관'이란 뜻으로, 미국 대통령이 머무는 관저를 말해요. 'US presidential office'라고도 하지요. 1814년 미국과 영국의 전쟁으로 불에 탄 건물 외벽을 하얀색으로 칠하면서 'White House'로 불리게 되었어요.

1주 1일
학습 끝!

붙임 딱지 붙여요.

Whitehall

Whitehall은 영국 관공서가 있는 '화이트홀', '영국 정부'를 뜻해요. 영국은 의원 내각제로, Whitehall에는 의회의 우두머리인 총리의 관저와 주요 행정 부서가 들어서 있어요. 국가 원수인 여왕이 머무는 곳은 Buckingham Palace(버킹엄 궁전)예요.

Elysee Palace

Elysee Palace는 프랑스 대통령의 관저인 '엘리제 궁전'을 가리켜요. 파리의 유명한 도로인 샹젤리제 근처에 있는 엘리제 궁전은 프랑스 대통령의 관저이자 장관 회의 등이 열리는 대통령 궁이에요.

QR 찍고 발음 듣기

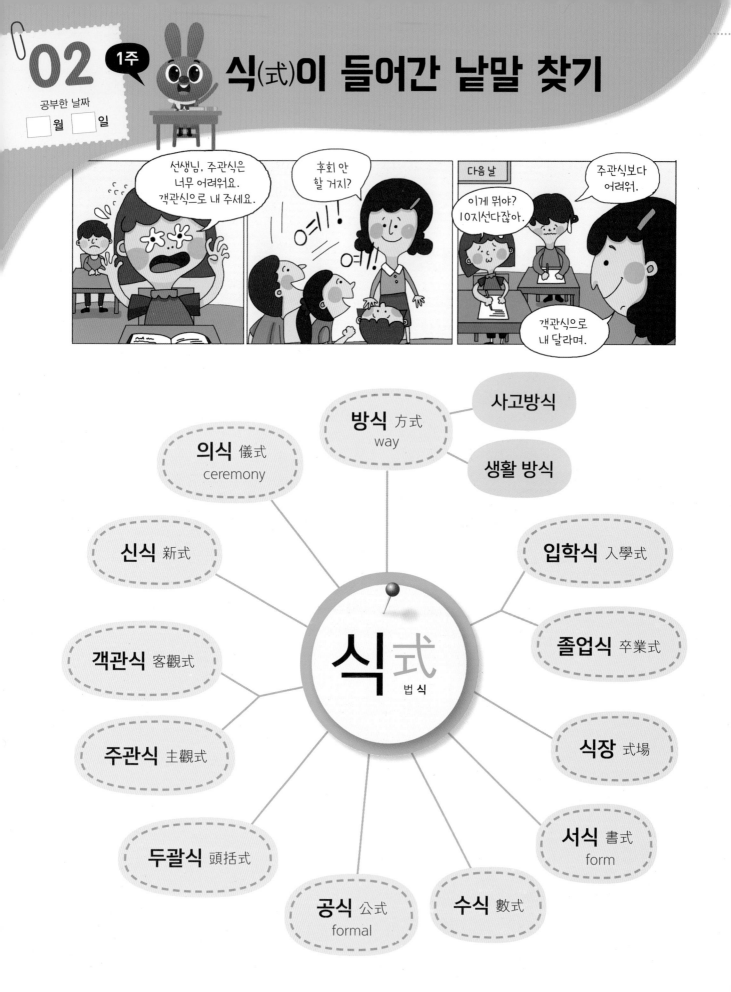

1 가로세로 열쇠를 읽고, 십자말풀이의 빈칸을 채워 보세요.

가로 열쇠

① 학교에 들어가는 것을 기념하는 행사

② 글의 중심 내용이 맨 처음에 나오는 방식

③ 국가나 사회에서 정한 방식. 또는 수학의 규칙, 법칙을 수학 기호로 쓴 식

④ 숫자나 문자를 계산 기호(+, −, =)로 나타낸 식

⑤ 새로운 방식이나 형식

세로 열쇠

① 어떤 행사를 치를 때 정해진 방식

② 방법이나 형식

③ 입학식, 결혼식 등 식을 치르는 장소

④ 서류를 꾸미는 방식

⑤ 제시된 답 가운데 정답을 고르는 방식

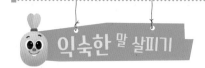

의식
儀(거동 의) 式(법 식)

의식은 어떤 행사를 치르는 방식이에요. 입학식, 졸업식, 성인식, 결혼식 등은 모두 각각에 맞는 방법으로 의식을 치러요.

방식
方(모 방) 式(법 식)

어떤 일을 할 때 정해진 방법이나 형식으로 하는 것을 **방식**이라고 해요. 어떤 문제에 대해서 생각하는 방법은 '사고방식'이라 하고, 살아가는 방법은 '생활 방식'이라고 하지요.

입학식/졸업식
入(들 입) 學(배울 학) 式(법 식)
卒(군사 졸) 業(일 업)

학교(배울 학, 學)에 새롭게 들어가는(들 입, 入) 것을 기념하기 위한 행사(법 식, 式)를 **입학식**이라고 해요. 그리고 학교에서 배우는 교과 과정이 모두 끝나면 **졸업식**을 하지요.

식장
式(법 식) 場(마당 장)

식장은 입학식, 결혼식, 장례식 같은 행사(법 식, 式)가 열리는 장소(마당 장, 場)를 말해요. 식장에 갈 때에는 보통 그곳에 맞는 옷을 입고 가지요.

서식
書(글 서) 式(법 식)

자기 소개서나 이력서 등 공식 문서를 쓸 때는 정해진 형식에 맞춰 작성해야 해요. 이처럼 문서(글 서, 書)를 작성할 때 지켜야 하는 일정한 방식(법 식, 式)을 **서식**이라고 해요.

수식
數(셈 수) 式(법 식)

수학에서 숫자나 문자를 +, −, =와 같은 계산 기호로 나타낸 식을 **수식**이라고 해요. 수식에는 공식, 등식, 부등식 등이 있어요.

공식
公(공평할 공) 式(법 식)

국가나 사회에서 정한 형식이나 방식을 **공식**이라고 해요. 공식 방문, 공식 회담처럼 쓰지요. 또 수학의 규칙이나 법칙을 수학 기호로 쓴 식도 공식이라고 해요.

두괄식
頭(머리 두) 括(쌀 괄) 式(법 식)

글의 중심 내용이 첫머리(머리 두, 頭)에 오는 구성 방식을 **두괄식**이라고 해요. 반대로 중심 내용이 글의 끝부분(꼬리 미, 尾)에 있는 것은 '미괄식'이라 해요.

주관식/객관식
主(주인 주) 觀(볼 관) 式(법 식)
客(손님 객)

주어진 문제에 자기가 생각한 대로 답을 쓰는 것을 '주인 주(主)' 자를 써서 **주관식**이라고 해요. **객관식**은 여러 개의 답 가운데 정답을 고르는 방식이에요.

신식
新(새로울 신) 式(법 식)

신식은 새로운(새로울 신, 新) 방식(법 식, 式)이나 형식을 뜻해요. 이와 반대로 예전의 방식이나 형식은 '옛 구(舊)' 자를 써서 '구식'이라고 해요.

수학 기호를 표시하는 수식

수나 양을 나타내는 숫자 또는 문자를 계산 기호로 연결한 식을 수식(셈 수 數, 법 식 式)이라고 해요. 수학에 쓰이는 수식에는 등식, 부등식, 방정식 등이 있어요.

먼저 '무리 등(等)' 자가 붙은 등식은 앞과 뒤가 같은 식이에요. 등식은 '='와 같은 등호(무리 등 等, 이름 호 號)를 통해 수나 식이 같다는 것을 표현해요.

반면 부등식은 앞과 뒤가 같지 않은 식이에요. 기호도 등호가 아니라 >, <, ≤, ≥ 와 같은 부등호(아니 불/부 不, 무리 등 等, 이름 호 號)를 사용해 어느 쪽 값이 더 많고 적은지 나타낸답니다.

또 방정식(모 방 方, 길/법 정 程, 법 식 式)은 '$3+x=5$'처럼 모르는 값이 들어 있는 등식이에요. 수학 문제를 풀다가 '$12 \div \square = 3$'처럼 □가 들어간 식을 본 적이 있지요? 이렇게 '어떤 수', 즉 '□'가 있는 수식이 바로 방정식이에요.

 **톡**

방정식이라는 낱말은 1세기경 중국에서 만들어진 〈구장산술〉이라는 수학책에서 비롯되었어요. 이 책에서 방정식을 다루며 '방정'이란 낱말이 나와요. 이 방정이란 말에 '법 식(式)' 자를 붙여 방정식(方程式)이라고 하지요.

1

보기의 밑줄 친 '식' 자와 다른 뜻의 '식' 자를 말하는 친구를 찾아 ○ 하세요.

2 낱말에 알맞은 설명을 찾아 선으로 이어 보세요.

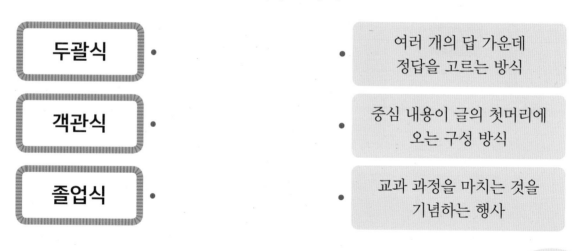

3 속뜻 짐작 빈칸에 들어갈 낱말은 무엇일까요? (   )

선생님과 질문과 대답을 주고받으며 ☐☐☐으로 공부하니 재미있어요.

① 부등식   ② 문답식   ③ 등식   ④ 방정식

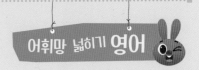

시험은 언제 어디서나 피할 수 없는 과정인 것 같아요.
영어로 시험을 어떻게 표현하는지 알아볼까요?

test, exam, quiz

우리가 '시험'이라고 말할 때 가장 많이 쓰는 말이 test예요. 시험 종류에 따라 exam, quiz 라고 하기도 해요. '수학 시험'은 math test, '영어 시험'은 English test라고 해요. exam은 중간고사나 기말고사처럼 정식으로 치르는 공식적인 시험을 말해요. '중간고사'는 midterm exam 또는 midterms, '기말고사'는 final exam 또는 그냥 finals라고 하기도 해요. quiz는 간단한 쪽지 시험을 가리켜요.

I have to study for the midterm exam.
(중간고사를 위해 공부를 해야 해.)

Final exams will start next week.
(다음 주에 기말고사가 시작돼.)

1주 2일
학습 끝!

붙임 딱지 붙여요.

multiple-choice question, essay question

'객관식 문제'는 여러 개의 선택지에서 고르는 문제이기 때문에 multiple-choice question이라고 해요. '객관식 문제가 주관식 문제보다 쉽다.'는 'Multiple-choice questions are easier than essay questions.'로 말할 수 있어요. 반면에 '주관식 문제'는 답을 서술 형식으로 쓰는 것이기 때문에 essay question이라고 해요. 하지만 주관식 문제 중에서도 '단답형으로 답을 쓰는 문제'는 short-answer question이라고 해요.

Multiple-choice questions are easier than essay questions.

QR 찍고 발음 듣기

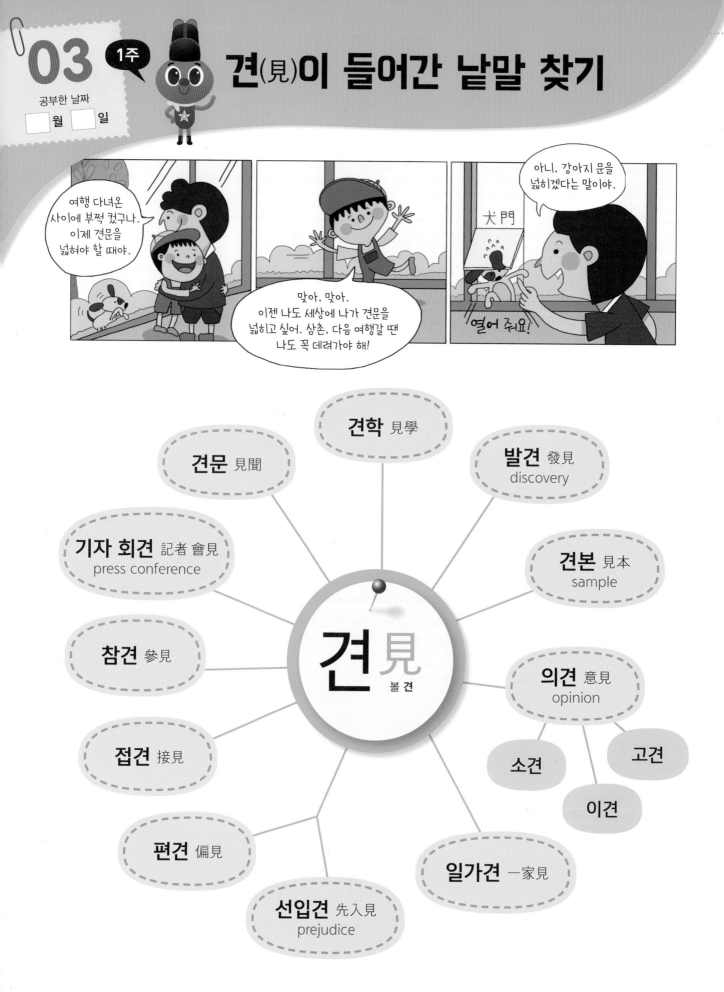

1 문장을 읽고, ( ) 안에서 알맞은 낱말을 골라 ○ 하세요.

학급 회의에서 내가 낸 (의견 / 참견)이 채택되었어.

(발견 / 편견)을 버리고 공평하게 생각해.

물건을 사기 전에 (견본 / 견문)을 확인해 보자.

2 가로세로 열쇠의 뜻풀이를 읽고, 낱말 퍼즐 빈칸에 알맞은 낱말을 써 보세요.

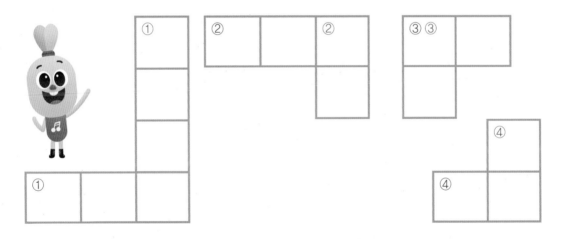

가로 열쇠

① 어떤 일에 대해 높은 수준에 도달한 자기만의 의견이나 생각

② 어떤 사람이나 일에 대해 겪기 전부터 마음속에 가지고 있는 고정된 생각

③ 실제로 가서 보고 배우는 것

④ 세상에 아직 알려지지 않았거나 미처 찾아내지 못한 것을 처음으로 찾아냄.

세로 열쇠

① 신문이나 방송에서 기자들을 불러 어떤 사건을 설명하는 것

② 물건의 품질을 알려 주기 위해 본보기로 보이는 물건

③ 보고 들음. 또는 보고 들어서 알게 된 지식

④ 남의 일이나 말에 끼어들어 아는 체하거나 이래라저래라 함.

25

견문
見(볼 견) 聞(들을 문)

견문은 보고(볼 견, 見) 듣거나(들을 문, 聞), 또는 그렇게 해서 알게 된 지식을 말해요. '견문을 넓히다'라는 말은 직접 보고 들은 것을 통해 지식을 늘리는 것을 뜻해요.

견학
見(볼 견) 學(배울 학)

견학은 실제로 가서 보고(볼 견, 見) 배우는(배울 학, 學) 거예요. 직접 보고 들으면 책으로만 익힌 것보다 얻는 것이 많답니다.

발견
發(필 발) 見(볼 견)

아직 알려지지 않은 사실이나 미처 찾아내지 못한 사물을 찾아내는 것을 발견이라고 해요. 이미 알려졌지만 잊어버린 채 지내다가 다시(두 재, 再) 찾아내는 경우에는 '재발견'이라고 하지요.

견본
見(볼 견) 本(근본 본)

견본은 본(근본 본, 本)을 보이기(볼 견, 見) 위한 물건이란 뜻이에요. 상품의 품질이나 상태가 어떤지 알 수 있도록 보여 주는 물건으로, 고유어로는 '본보기'라고 하지요.

의견
意(뜻 의) 見(볼 견)

어떤 일에 대해 갖는 생각을 의견이라고 해요. 비슷한말로 '소견'이 있어요. 서로 다른 의견은 '다를 이(異)' 자를 써서 '이견'이라고 해요. 또 다른 사람의 생각이나 의견을 높여 부를 때는 '높을 고(高)' 자를 넣어 '고견'이라고 해요.

일가견
一(한 일) 家(집 가) 見(볼 견)

일가견은 어떤 일에 대해 높은 수준에 도달한 자신의 의견이나 생각을 뜻하는 말이에요. '그는 요리에 일가견이 있어.'라는 말은 '그는 요리에 대해 높은 수준의 생각과 의견을 가지고 있어.'라는 뜻이에요.

선입견 / 편견
先(먼저 선) 入(들 입)
見(볼 견) 偏(치우칠 편)

선입견은 어떤 사람이나 일에 대해 겪기 전에 먼저(먼저 선, 先) 마음속에 들어선(들 입, 入) 생각과 견해(볼 견, 見)예요. 편견은 한쪽으로 치우친(치우칠 편, 偏) 생각이란 뜻이에요.

접견
接(이을 접) 見(볼 견)

손님을 공식적으로 만나는 것을 '이을 접(接)' 자를 써서 접견이라고 해요. 대통령이 있는 청와대에는 다른 나라의 국왕이나 장관처럼 공식적인 손님을 맞이하는 접견실이 있어요.

참견
參(참여할 참) 見(볼 견)

'남의 제사에 감 놓아라 배 놓아라 한다.'는 말을 들어 본 적 있나요? 남의 일에 참견하는 것을 두고 하는 말이지요. 이처럼 참견은 자신과 관계없는 일이나 말에 끼어들어 이래라저래라 하는 것을 말해요.

기자 회견
記(기록할 기) 者(사람 자)
會(모일 회) 見(볼 견)

기자 회견은 어떤 사건이 일어났을 때, 기자들을 모아 놓고(모일 회, 會) 그 내용을 설명하거나 사건과 관련된 사람의 입장과 생각을 밝히는 것이에요.

견문록과 기행문

체험 학습이나 여행을 다녀온 뒤 견학 기록문을 써 본 적 있지요? 이때 보고 들은 것을 중심으로 글을 쓴다면 견문록이고, 보고 들은 것에 자신의 생각과 느낌, 감상을 더해 쓴다면 기행문이에요. 똑같이 보고 들은 것을 중심으로 쓴 글이지만, 글쓴이의 감상에 따라 견문록과 기행문으로 나누어져요. 견문과 감상의 다른 점을 알아보고, 견문록과 기행문의 공통점과 차이점에 대해서도 알아보아요.

〈견문과 감상 구별하기〉

견문은 여행이나 체험 학습을 통해 직접 보고 들어서 알게 된 지식이야.

감상은 보고 들은 것에 대한 글쓴이의 생각, 느낌을 적은 거야.

경복궁을 다녀오다

경복궁은 조선을 세운 태조 이성계가 한양으로 도읍지를 옮기고 지은 궁궐이다. 남쪽으로 궁궐의 정문인 광화문이 있고, 궁궐 안에는 근정전, 사정전, 강녕전 등의 건물이 있다.(견문) 햇빛이 비치는 근정전은 웅장하고 당당해 보였다.(감상) 경회루는 인공 연못 안에 지어진 누각으로, 연회를 베풀던 곳이다.(견문) 활짝 핀 벚꽃이 경회루와 어우러져 마치 한 폭의 그림 같았다.(감상)

〈견문록과 기행문의 공통점과 차이점〉

	견문록	기행문
공통점	어떤 장소를 다녀온 뒤에 쓴 글이에요.	
차이점	• 여행을 다녀와서 보고 들은 지식을 적은 글이에요. • 정보 전달을 목적으로 쓴 글로, 객관적인 사실을 중심으로 쓴 글이에요.	• 여행하면서 보고 듣고 느낀 것을 적은 글이에요. • 글쓴이의 감상과 주관적인 느낌을 중심으로 쓴 글이에요.

1 사람들의 이야기를 읽고, 빈칸에 들어갈 낱말을 찾아보세요. (　　)

① 일가견　　　② 참견　　　③ 고견　　　④ 견문

2 보기 에서 밑줄 친 낱말의 '견' 자와 같은 뜻으로 쓰인 것은 무엇인가요? (　　)

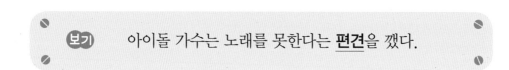

보기　　아이돌 가수는 노래를 못한다는 **편견**을 깼다.

① 아몬드, 밤, 호두 등의 **견과류**는 껍데기가 단단하다.

② **애견** 카페가 새로 생겼대.

③ 주차했던 차가 **견인**되었어.

④ 체험 학습 **견학** 기록문을 써야 해.

3 속뜻 짐작 빈칸에 들어갈 낱말과 낱말의 뜻을 선으로 이어 주세요.

양가 부모님의 ☐ 장소로 어디가 좋을까?　　•

외견상　　•　　공식적으로 서로 만나는 것

☐ 아무 증상이 없어.　　•

상견례　　•　　겉으로 드러난 모양

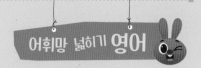
기자 회견은 자신의 입장을 밝히기 위해 기자를 불러 질문에 답하는 거예요.
기자 회견과 관련된 영어 단어에는 무엇이 있는지 알아볼까요?

press conference

press는 신문, 잡지, 방송국에서 일하는 '언론', '보도', '기
자'를 뜻해요. 그래서 기자들을 모아 놓고 하는 회견을 press
conference라고 하지요.

1주 3일
학습 끝!

붙임 딱지 붙여요.

interview

interview에는 '기자 회견'이라는 뜻도 있
고 '면접'이라는 뜻도 있어요. 취업할 때 치
르는 면접을 job interview라고 해요.

reporter

'기자'를 reporter 또는 journalist라고 해
요. '방송 기자'는 television reporter, '라
디오 기자'는 radio reporter, '신문 기자'
는 newspaper reporter라고 해요.

QR 찍고 발음 듣기

부(部)가 들어간 낱말 찾기

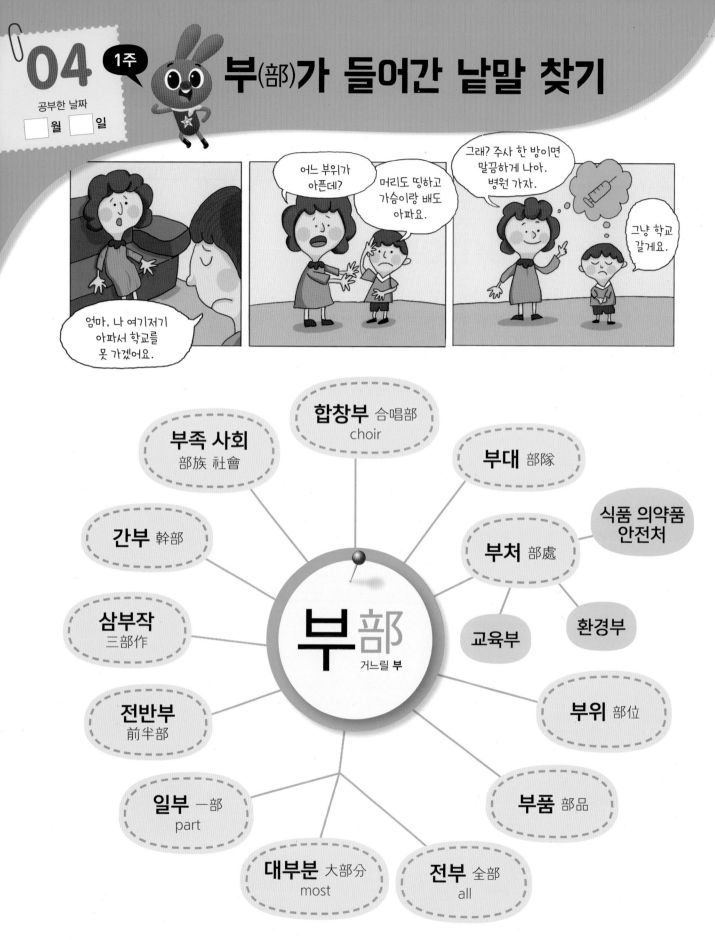

'부(部)' 자에는 간부처럼 '거느리다'라는 뜻, 부족 사회처럼 '무리, 떼'라는 뜻, 그리고 부위, 부품처럼 '나누다, 구분하다'라는 뜻이 있어요.

1 설명에 알맞은 낱말을 보기처럼 오른쪽 글자 칸에서 찾아 ○ 하세요.

보기 여러 사람이 함께 노래를 부르기 위해 만든 모임	합	성	창	호	부
① 문학에서 주제가 하나로 연결되어 있으면서 내용이 세 부분으로 나누어지는 작품	이	삼	부	적	작
② 원시 사회나 미개 사회에서 조상, 언어, 종교 등이 같아 함께 모여 사는 공동체 사회	부	족	언	사	회
③ 전체의 절반이 훨씬 넘어 전체에 거의 가까운 수나 양	대	부	인	분	빈
④ 단체나 기관 등에서 중요한 책임을 맡고 지도하는 사람	간	고	뇌	구	부
⑤ 기계 등에서 전체 중 한 부분을 이루는 물품	부	홀	대	품	인
⑥ 전체를 반씩 둘로 나눈 것 중 앞쪽 부분	선	안	전	반	부
⑦ 일정한 규모의 군인들로 조직된 집단	정	부	장	판	대
⑧ 전체에서 어떤 부분이 차지하는 위치	정	부	조	위	군
⑨ 정부 조직의 부와 처를 이르는 말	세	호	부	사	처

부족 사회
部(거느릴 부) 族(겨레 족)
社(모일 사) 會(모일 회)

원시 시대는 같은 핏줄을 가진 사람들로 이루어진 씨족 사회였어요. 그러다가 씨족이 서로 연합하면서 언어와 생활 양식이 비슷해졌어요. 이렇게 두 개 이상의 씨족이 모여서 이룬 공동체 사회를 **부족 사회**라고 해요.

합창부
合(합할 합) 唱(부를 창) 部(거느릴 부)

'합창'은 여러 사람이 목소리를 맞춰 노래 부르는 거예요. 여기에 '거느릴 부(部)' 자를 붙이면 합창을 위해 구성된 사람들의 모임이란 뜻의 **합창부**가 돼요.

부대
部(거느릴 부) 隊(무리 대)

부대는 일정한 규모로 이루어진 군대 조직이에요. '무리 대(隊)' 자는 군부대, 중대, 대대, 제대, 입대처럼 주로 군대와 관련 있는 낱말에 많이 쓰여요.

부처
部(거느릴 부) 處(곳/살 처)

부처는 정부를 조직하는 부와 처를 가리키는 말이에요. '교육부'는 교육 관련 일을 하는 기관이고, '환경부'는 생활 환경을 깨끗이 유지하는 일을 하는 곳, '식품 의약품 안전처'는 식품, 의약품 등의 안전을 위해 일하는 곳이지요.

부위
部(거느릴 부) 位(자리 위)

전체에서 어떤 부분이 차지하는 위치를 **부위**라고 해요. 부위는 주로 사람의 몸이나 동물의 몸 부분을 가리킬 때 사용해요.

부품
部(거느릴 부) 品(물건 품)

부품은 기계나 제품 등에서 전체를 이루는 하나의 물품을 말해요. 바퀴, 범퍼, 계기판 등은 자동차 부품들이에요.

전부 / 대부분
全(온전할 전) 部(거느릴 부)
大(큰 대) 分(나눌 분)

전부는 한 부분이 아니라 빠짐없이 전체라는 뜻이에요. **대부분**은 절반이 훨씬 넘어 전체에 거의 가까운 정도를 말하고, '일부'는 전체 중 어느 한(한 일, 一) 부분을 가리켜요.

전반부
前(앞 전) 半(반 반) 部(거느릴 부)

전반부는 재미없지만 후반부로 갈수록 재미있는 만화가 있어요. 이때 **전반부**는 전체를 반(반 반, 半)으로 나누었을 때 앞쪽(앞 전, 前) 부분을 말해요. 반대로 뒤쪽(뒤 후, 後) 반이 되는 부분은 '후반부'라고 해요.

삼부작
三(석 삼) 部(거느릴 부) 作(지을 작)

삼부작은 내용이 세 부분으로 나누어져 있으면서 주제가 서로 연결된 작품을 말해요. 같은 주제로 내용이 네 부분으로 나누어지면 사부작이 되지요.

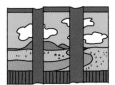

간부
幹(줄기 간) 部(거느릴 부)

간부는 학교나 회사, 노동조합, 공무원 기관 등에서 책임 있는 일을 맡아 지도하는 사람을 말해요. 간부 중에서도 가장 중요한 위치에 있는 사람들을 '수뇌부'나 '지도부'라고 해요.

우리 몸의 부위별 이름

사람의 겉모습은 제각각이에요. 하지만 모두가 똑같은 신체 부위를 갖고 있지요. 우리 몸은 크게 두부, 흉부, 복부, 둔부, 대퇴부 등으로 나눌 수 있어요. 두부(머리 두 頭, 거느릴 부 部)는 머리 부위, 흉부(가슴 흉 胸, 거느릴 부 部)는 가슴 부위, 복부(배 복 腹, 거느릴 부 部)는 배 부위, 둔부(볼기 둔 臀, 거느릴 부 部)는 엉덩이 부위, 대퇴부(큰 대 大, 넓적다리 퇴 腿, 거느릴 부 部)는 넓적다리 부위를 말해요. 그림을 통해 자세히 살펴볼까요?

〈각각의 신체 부위〉

두부(머리 부위)
목 윗부분으로 눈, 코, 입이 있는 얼굴과 머리털이 난 부분이에요.

흉부(가슴 부위)
흉부는 목과 배 사이의 가슴 부분으로 심장과 폐가 있어요.

복부(배 부위)
가슴과 다리 사이의 배 부분으로 위, 간, 장 등 여러 장기가 있는 부위지요.

대퇴부(넓적다리 부위)
다리의 골반에서 무릎 관절까지의 부분이에요. 보통 허벅지라고도 하는데, 허벅다리 안쪽의 살이 깊은 곳을 말해요.

둔부(엉덩이 부위)
허리 아래부터 허벅다리 위로 살이 볼록 나온 부분으로 엉덩이를 말해요.

 톡

우리말에는 신체 부위를 나타내는 관용 표현이 많아요. 그중 '오금이 저리다'는 잘못을 저지르고 그 잘못이 들통날까 봐 전전긍긍하며 마음을 졸일 때 쓰는 말이에요. 이때 오금은 무엇을 말하는 걸까요? 오금은 무릎 뒤쪽에 접히는 부분을 가리켜요. 너무 긴장하거나 무서우면 다리가 후덜덜 떨리게 되지요. 이럴 때 '오금이 저리다'라고 해요.

1 마을에 쓰레기 매립장을 설치하는 문제로 주민들이 토론하고 있어요. 빈칸에 공통으로 들어갈 낱말을 찾아 ○ 하세요.

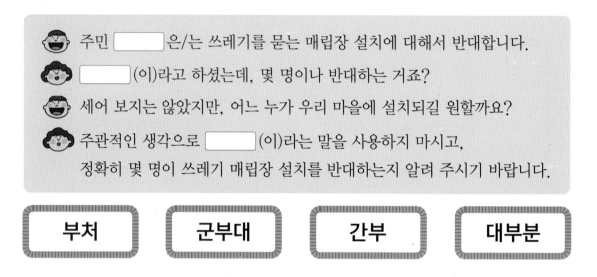

주민 [　　] 은/는 쓰레기를 묻는 매립장 설치에 대해서 반대합니다.

[　　] (이)라고 하셨는데, 몇 명이나 반대하는 거죠?

세어 보지는 않았지만, 어느 누가 우리 마을에 설치되길 원할까요?

주관적인 생각으로 [　　] (이)라는 말을 사용하지 마시고, 정확히 몇 명이 쓰레기 매립장 설치를 반대하는지 알려 주시기 바랍니다.

| 부처 | 군부대 | 간부 | 대부분 |

2 밑줄 친 낱말의 '부' 자 중 뜻이 다른 하나는 무엇일까요? (　　)

① 컴퓨터 **부품**을 사러 전자 상가에 갈 거야.

② **부처님** 오신 날이 내일이야.

③ 경기 **전반부**에 동점골이 들어갔어.

④ 돼지고기 안심 **부위**로 주세요.

3 속뜻짐작 수호가 좋아하는 영화에 대해 말하고 있어요. 수호가 말하는 영화 속 지역을 미국 지도에서 찾아 ○ 하세요.

나는 미국 서부 개척 시대를 배경으로 한 영화를 좋아해. 말 타고 달리는 것도 신나고, 총잡이가 대결하는 것도 너무 재밌어.

▲ 19세기 개척 시대에 확장된 미국 영토

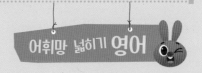
수나 양을 표현할 때는 전체, 대부분, 일부라는 말을 써요.
전체, 대부분, 일부에 해당하는 영어 단어를 살펴보아요.

all

all은 '모두', '전체', '전부', '다'라는 뜻이에요. '내 친구들은 모두 아이스크림을 좋아한다.'라고 말할 때는 'All of my friends like ice cream.'이라고 하면 돼요. all together는 '모두 함께', all the time은 '항상', '언제나', '매일'이란 뜻이에요.

most

most는 '대부분', '거의'란 뜻이에요. '거의 모든 사람들'은 most people, '대부분의 시간'은 most of the time이에요. 또 '거의 매일'은 most days예요. 그래서 '나는 거의 매일 수영장에 간다.'라고 할 때는 'I go to the swimming pool most days.'라고 말하면 돼요.

**I주 4일
학습 끝!**

붙임 딱지 붙여요.

part

part는 '부분', '일부', '조각'이란 뜻이에요. '나는 사과를 두 조각으로 잘랐다.'라고 말할 때는 'I cut the apple into two parts.'라고 하면 돼요. 또 하루 동안 근무 시간 내내 일하는 것을 풀타임(full-time)이라 하고, 근무 시간 중 몇 시간만 일하는 것은 파트타임(part-time)이라고 해요.

QR 찍고 발음 듣기

필(必)이 들어간 낱말 찾기

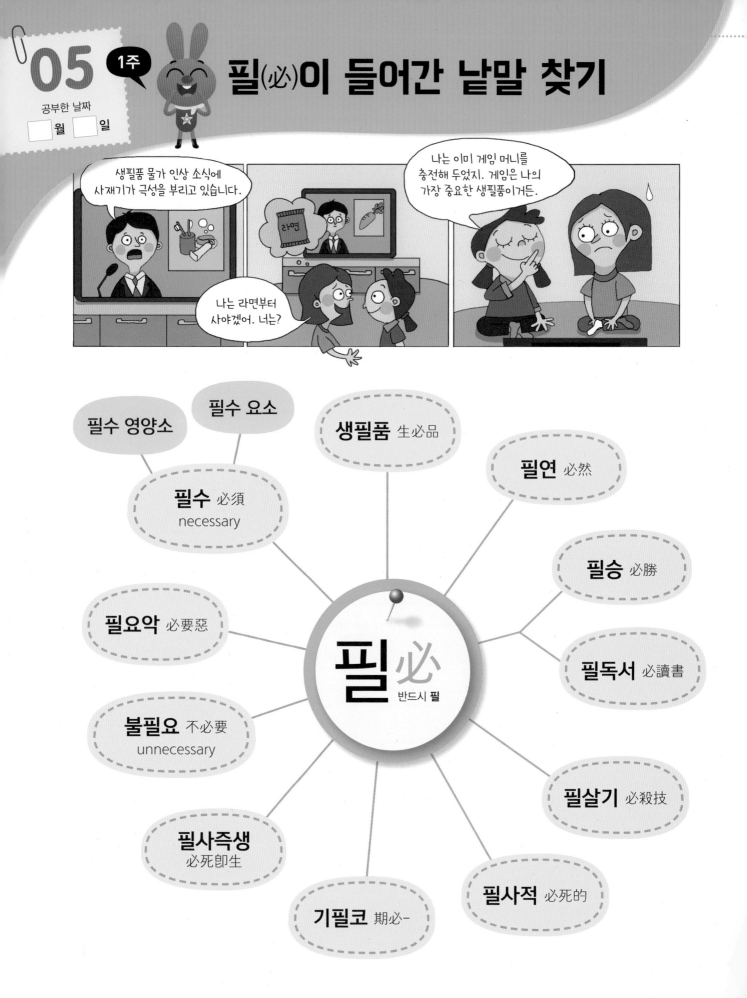

필수 영양소

필수 요소

필수 必須 necessary

생필품 生必品

필연 必然

필승 必勝

필요악 必要惡

필독서 必讀書

불필요 不必要 unnecessary

필살기 必殺技

필사즉생 必死卽生

필사적 必死的

기필코 期必-

필 必
반드시 필

1 다음 설명에 알맞은 낱말을 낱말 판에서 찾아 색칠해 보세요. 낱말 판을 모두 칠한 후 드러나는 글자를 아래 빈칸에 써 보세요.

① 반드시 있어야 하는 것. 또는 꼭 해야 하는 것

② 생활하는 데 꼭 필요한 물품

③ 반드시 죽으려고 하면 곧 산다는 뜻

④ 반드시 이김.

⑤ 사람을 확실히 죽이는 기술. 또는 상대를 단번에 무너뜨릴 수 있는 자신만의 비법

⑥ 죽을힘을 다해 애쓰는 것

⑦ 반드시 꼭

⑧ 필요하지 않음.

⑨ 없는 것이 좋지만 어쩔 수 없이 필요한 것으로 여겨지는 것

필사	필요조건	필기체	필연	필리핀
배필	필수	필기	기필코	절필
필적	생필품	수필	불필요	필사적
분필	필사즉생	필승	필살기	필자
집필	연필	필통	필요악	필납
필터	필마단기	필연	하필	필름

낱말 판에 숨겨진 글자는 [   ] 입니다.

37

필수
必(반드시 필) 須(모름지기 수)

필수는 꼭 있어야 하거나 해야 하는 것이에요. '필수 영양소'는 탄수화물, 단백질처럼 우리가 살아가는 데 꼭 필요한 영양소를 말하고, '필수 요소'는 무엇을 이루는 데 꼭 필요한 성분이나 조건을 뜻해요.

생필품
生(날 생) 必(반드시 필) 品(물건 품)

우리가 살아가는(날 생, 生) 데 반드시(반드시 필, 必) 있어야 할 물건(물건 품, 品)들을 생필품이라고 해요. 칫솔, 치약, 비누, 샴푸 등이 바로 생필품이에요.

필연
必(반드시 필) 然(그럴 연)

필연은 반드시(반드시 필, 必) 그렇게(그럴 연, 然) 되는 것을 말해요. '틀림없이 꼭'이란 뜻이지요. 필연과 반대로 뜻하지 않게 생긴 일은 '우연'이라고 해요.

필승 / 필독서
必(반드시 필) 勝(이길 승) 讀(읽을 독) 書(글 서)

필승은 반드시(반드시 필, 必) 이기는(이길 승, 勝) 거예요. 필독서는 꼭 읽어야(읽을 독, 讀) 하는 책(글 서, 書)을 말해요.

필살기
必(반드시 필) 殺(죽일 살) 技(재주 기)

필살기는 사람을 확실히(반드시 필, 必) 죽이는(죽일 살, 殺) 기술(재주 기, 技)이란 뜻이에요. 또한 상대를 단번에 무너뜨릴 수 있는 자신만의 비법이라는 의미도 있지요.

필사적
必(반드시 필) 死(죽을 사) 的(과녁 적)

'필사'는 반드시(반드시 필, 必) 죽는다(죽을 사. 死)는 말이지요. 여기에 '과녁 적(的)' 자를 붙이면 반드시 죽을 각오로 자신의 목표를 이루기 위해 애쓴다는 뜻의 필사적이 돼요.

기필코
期(기약할 기) 必(반드시 필)

'기필'은 반드시(반드시 필, 必) 이루어지기를 기약하다(기약할 기, 期)는 뜻이에요. 여기에 접미사인 '코' 자를 붙인 기필코는 '반드시'라는 뜻으로 사용해요.

필사즉생
必(반드시 필) 死(죽을 사) 卽(곧 즉) 生(날 생)

필사즉생은 반드시(반드시 필, 必) 죽으려고(죽을 사, 死) 하면 곧(곧 즉, 卽) 산다(날 생, 生)는 뜻이에요. 이와 반대로 '필생즉사(必生卽死)'는 반드시 살고자 하면 곧 죽는다는 뜻이에요.

불필요
不(아니 불/부) 必(반드시 필) 要(구할 요)

'필요'는 반드시(반드시 필, 必) 요구하는(구할 요, 要) 것이 있다는 말이에요. 여기에 '아니 불/부(不)' 자를 붙인 불필요는 요구되는 것이 없다는 뜻으로 필요하지 않다는 말이지요.

필요악
必(반드시 필) 要(구할 요) 惡(악할 악)

'흉악범의 변호가 필요한가?'라는 문제처럼 없는 것이 바람직하지만, 어쩔 수 없이 필요한 것으로 받아들여야 하는 것을 필요악이라고 해요.

휴대 전화는 필요악.

이순신 장군의 명량 대첩

'필사즉생 필생즉사'는 어디서 나온 말일까요? 이 말은 바로 이순신 장군이 명량 대첩에서 한 말이에요. 조선 선조 때인 1597년, 이순신 장군은 삼도 수군통제사로 임명되었어요. 삼도 수군통제사는 임진왜란 때 경상도, 전라도, 충청도 바다를 지키는 군대를 지휘하는 벼슬이었지요. 당시 이순신 장군에게는 13척의 배만 있었어요. 누가 보더라도 질 수밖에 없는 상황이었지만 이순신 장군은 포기하지 않았어요. 군사들을 이끌고 전라남도 해남과 진도 사이에 있는 울돌목(명량 해협)으로 갔어요. 그리고 명량 대첩을 하루 앞두고 병사들에게 외쳤어요.

"병법에 '반드시 죽으려고 하는 자는 살고, 반드시 살려고만 하는 자는 죽을 것이다.'고 했으며, 또 '한 사람이 길목을 지키면, 천 사람이라도 두렵게 한다.'고 하였다. 이 말은 바로 지금 우리를 두고 한 말이다."

이순신 장군의 외침은 병사들에게 큰 용기를 주었고, 병사들은 죽을힘을 다해 일본군과 싸웠어요. 그 결과 일본은 조선에게 크게 패하고 조선 바다에서 물러나게 되었답니다.

'명량'은 '울 명(鳴)'과 '들보 량/양(梁)'으로 이루어진 말로, 휘돌아치는 바닷물이 마치 우는 소리를 내는 것 같다고 해서 붙은 이름이에요. 고유어로는 '울돌목'이라고 해요. '들보 량/양(梁)' 자에는 '바다의 좁은 물목(물이 흘러 들어가는 어귀)'이란 뜻이 담겨 있어요. 그래서 명량, 노량, 견내량, 칠천량처럼 '량/양(梁)' 자가 붙은 지명은 물살이 빠르고 좁게 흐르는 바다를 말해요.

1 빈칸에 들어갈 낱말을 선으로 이어 주세요.

이번 시합에서는 ☐ 이겨야 해! •

치약, 화장지, 비누 등 ☐ 을/를
사러 슈퍼마켓에 가자. •

환한 대낮에 전구는 ☐ 해. •

• 불필요

• 생필품

• 기필코

2 그림 속 세 친구가 이야기하고 있는 것은 무엇인가요? (　　)

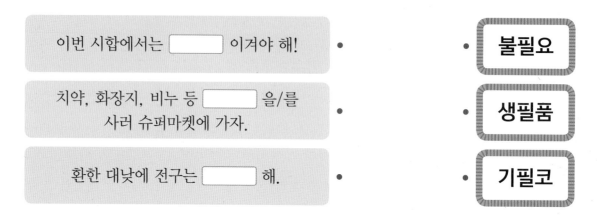

① 사필귀정　　② 필살기　　③ 필수 영양소　　④ 필사즉생

3 속뜻 짐작 대화를 읽고, 밑줄 친 설명에 해당하는 낱말을 보기 에서 찾아 쓰세요.

😀 엄마, 할머니가 사다 주신 아이스크림을 오빠가 혼자 다 먹어 버렸어요.

👵 에이그, 그래서 아까 그 난리가 났었구나.

😀 그게 무슨 말이에요?

👵 오빠가 갑자기 배탈이 나는 바람에 병원에 가서 주사 맞고 왔잖니.
모든 일은 반드시 바른길로 돌아가기 마련이라니까.

☐ ☐ ☐ ☐

보기
사필귀정(일 사 事, 반드시 필 必, 돌아갈 귀 歸, 바를 정 正)
생자필멸(날 생 生, 사람 자 者, 반드시 필 必, 멸망할 멸 滅)

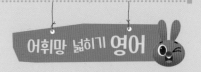

어휘망 넓히기 영어

생활필수품은 생활하는 데 꼭 필요한 물건이에요.
여러 가지 생활필수품을 영어로 알아보아요.

'생활필수품'은 영어로는 necessaries라고 해요. 줄여서 '생필품'이라고도 해요. '필요한'이라는 뜻의 necessary가 복수로 쓰인 형태이지요. 생필품에는 물건같이 눈에 보이는 것도 있지만 요금처럼 눈에 보이지 않는 것도 있어요.

〈눈에 보이는 생활필수품〉

rice
쌀

ramen
라면

toilet paper
두루마리 휴지

Can people live without soap?
(사람들이 비누 없이 생활할 수 있을까?)

나는 가능해.

I주 5일
학습 끝!

붙임 딱지 붙여요.

〈눈에 보이지 않는 생활필수품〉

electric fee
전기 요금

mobile phone fee
휴대 전화 요금

bus fare
버스 요금

medical bill
병원비

휴대 전화 요금이 많이 나왔네.

QR 찍고 발음 듣기

큰 글자로 쓴 '대자보'

대자보(큰 대 大, 글자 자 字, 갚을 보 報):
대학가 등에서 자신의 생각이나 주장을 큰 글씨로 써서 붙인 거예요.

대자보는 구소련과 중국에서 정치 선전과 주장을 펼치기 위해 벽에 붙인 벽보에서 유래된 거야.

오~

우리나라에서는 1980년대 대학가에서 정치적 목소리를 내던 수단으로 사용했지.

지금도 정치나 사회의 부당함을 알리기 위해 붙이곤 하지.

그렇군

그런데 네가 쓴 대자보는 얼른 걷었으면 좋겠어.

휴

아니 왜?

이건 그냥 누굴 좋아한다는 연애 편지 정도잖아.

그게 뭐?

물끄러미

그리고 그 사람이 나라서 더 창피하거든!!

난 그냥 네가 좋아.

벼

락

점(店)이 들어간 낱말 찾기

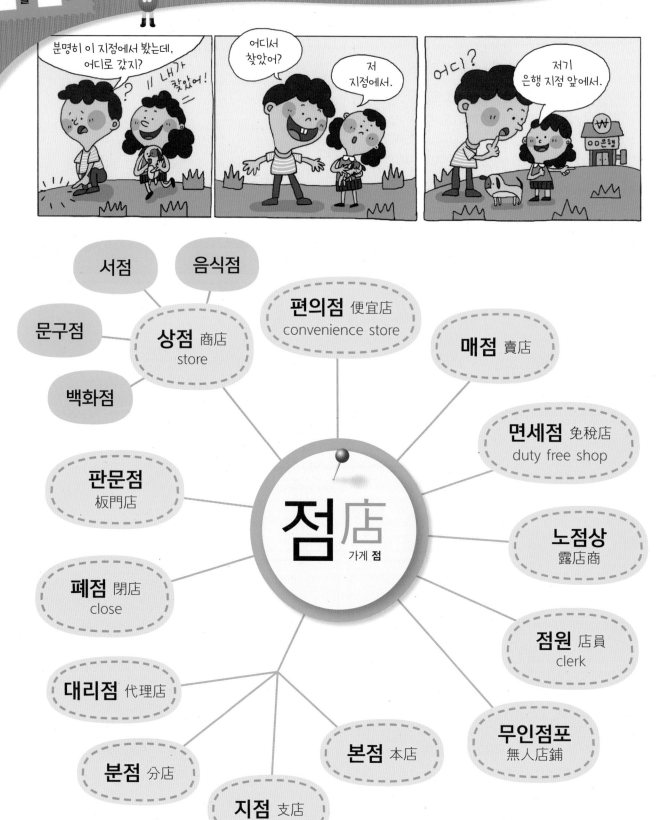

1 뜻풀이와 초성 힌트를 보고, 알맞은 낱말을 빈칸에 써 보세요.

① 가게를 더 이상 운영하지 않거나 하루 영업이 끝난 것　｜ㅍ｜ㅈ｜

② 학교나 큰 건물, 기관 안에서 물건을 파는 조그마한 가게　｜ㅁ｜ㅈ｜

③ 고객의 편의를 위해 24시간 문을 여는 가게　｜ㅍ｜ㅇ｜ㅈ｜

④ 군사 분계선에 걸쳐 있는 마을로 남한과
　북한이 휴전 협정을 한 곳　｜ㅍ｜ㅁ｜ㅈ｜

⑤ 점원이나 판매원이 없는 가게　｜ㅁ｜ㅇ｜ㅈ｜ㅍ｜

⑥ 외국인 여행자에게 세금을 매기지 않는 물건을
　파는 가게　｜ㅁ｜ㅅ｜ㅈ｜

⑦ 가게에 고용되어 물건 파는 일을 하는 사람　｜ㅈ｜ㅇ｜

⑧ 영업의 중심이 되는 가게로, 곳곳에 있는 지점들을
　관리하는 가게　｜ㅂ｜ㅈ｜

⑨ 길가에 물건을 벌여 놓고 장사를 하는 것　｜ㄴ｜ㅈ｜ㅅ｜

⑩ 여러 가지 물건을 종류별로 파는 큰 가게　｜ㅂ｜ㅎ｜ㅈ｜

상점
商(장사 상) 店(가게 점)

상점은 시설을 갖추고 물건을 파는 가게로 음식을 팔면 '음식점', 책을 팔면 '서점', 학용품을 팔면 '문구점'이라고 해요. '백화점'은 여러 가지 물건을 파는 큰 가게를 뜻해요.

편의점
便(편할 편) 宜(마땅 의) 店(가게 점)

편리하다는 뜻을 지닌 '편의'에 '가게 점(店)' 자를 넣은 편의점은 사람들이 드나들기 편리한 곳에 있으면서 식품과 생활에 필요한 여러 가지 물건을 24시간 동안 파는 가게를 말해요.

매점
賣(팔 매) 店(가게 점)

매점은 물건을 파는(팔 매, 賣) 작은 가게(가게 점, 店)란 뜻으로, 학교나 기관 등 큰 건물에서 물건을 파는 조그마한 가게를 말해요.

면세점
免(면할 면) 稅(세금 세) 店(가게 점)

면세점은 물건에 매기는 세금(세금 세, 稅)이 면제(면할 면, 免)된 가게라는 뜻이에요. 세금이 붙지 않아서 물건값이 싼 편이에요. 면세점은 주로 외국인 여행자를 대상으로 하기 때문에 공항에 있어요.

노점상
露(이슬 로/노) 店(가게 점) 商(장사 상)

길을 가다 보면 가게 없이 거리에서 물건을 벌여 놓고 장사하는 것을 볼 수 있어요. 이처럼 길가에서 손수레나 좌판에 물건을 두고 파는 것을 노점상이라고 해요.

점원
店(가게 점) 員(인원 원)

물건을 팔 때 상품에 대해 설명해 주거나 물건값을 계산해 주는 사람을 점원이라고 해요. 이들은 상점에 고용된 사람으로 '판매원'이라고도 하지요.

무인점포
無(없을 무) 人(사람 인)
店(가게 점) 鋪(펼/전방 포)

무인점포는 '사람이 없는'이란 뜻의 무인과 '물건을 늘어놓은 가게'란 뜻의 점포가 합쳐진 말로, 판매원 없이 자동판매기만 갖추어 놓고 물건을 파는 가게를 말해요.

본점 / 지점
本(근본 본) 店(가게 점)
支(지탱할 지)

본점은 영업의 중심이 되는 가게를 말해요. 지점은 본점에서 갈라져 나온 가게로, 본사의 관리를 받아요. '분점'은 본점이나 지점에서 갈라져 나온 가게, '대리점'은 본점의 물건을 받아 대신 팔거나 연결해 주는 가게예요.

폐점
閉(닫을 폐) 店(가게 점)

가게를 더 이상 운영하지 않고 문을 닫는(닫을 폐, 閉) 것을 폐점이라고 해요. 반대로 가게를 새로 여는 것은 '열 개(開)' 자를 써서 '개점'이라고 해요.

판문점
板(널빤지 판) 門(문 문) 店(가게 점)

경기도 파주시에 있는 판문점은 남한과 북한이 서로 나뉘는 군사 분계선이 있는 곳으로, 1953년에 이곳에서 남북한 휴전 협정이 이루어졌어요. 판문점이라는 이름은 이곳의 원래 이름인 '널문리'를 한자로 만든 거예요.

남과 북을 이어 주는 판문점

한반도의 남북 이야기가 나올 때면 어김없이 등장하는 곳이 있어요. 바로 판문점이에요. 판문점은 남북을 이어 주는 만남의 장소이자 남북을 가로막은 슬픔의 장소이기도 하지요. 그런데 왜 이곳에는 판문점이라는 이름이 붙었을까요? 역사 문헌에 따르면 판문점 부근에 널빤지 다리가 있었다고 해요. 그래서 사람들은 이곳을 '널문다리'라고 불렀고, 이 마을을 '널문리'라고 불렀지요. 경기도 파주시에 있는 이 마을은 6.25 전쟁 전만 해도 초가집 몇 채뿐인 한적한 농촌 마을이었어요. 그런데 6.25 전쟁이 터지고 휴전 이야기가 오가면서, 널문리는 갑자기 주목을 받게 되었어요. 1951년에 휴전 회담 장소로 북한 측이 제의한 널문리 마을이 받아들여지면서, 널문리는 역사적인 회담을 치른 곳으로 세계에 알려지게 되었답니다.

〈공동 경비 구역〉

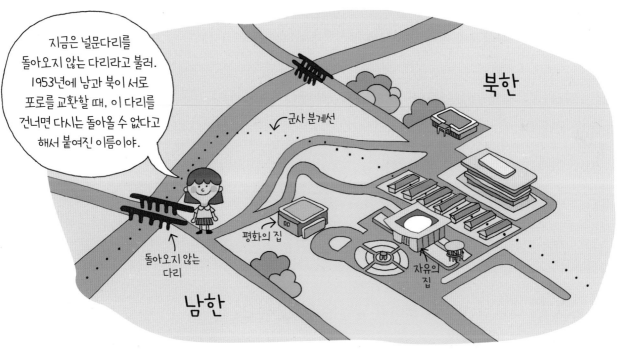

지금은 널문다리를 돌아오지 않는 다리라고 불러. 1953년에 남과 북이 서로 포로를 교환할 때, 이 다리를 건너면 다시는 돌아올 수 없다고 해서 붙여진 이름이야.

군사 분계선

북한

평화의 집

자유의 집

돌아오지 않는 다리

남한

옛날에는 광산, 철기, 토기, 도자, 놋그릇 등 수공업장을 중심으로 이루어진 마을이 많았어요. 그래서 마을 이름도 가게를 뜻하는 '점(店)' 자가 많이 들어갔지요. 특히 옹기, 철기 등을 생산하던 마을을 '점촌'이라고 불렀어요. 서울 암사동 점촌, 경북 문경시 점촌, 경북 경산시 점촌 등은 모두 도자기와 관련된 곳이에요.

1 다음 밑줄 친 낱말의 '점' 자와 같은 뜻으로 쓰인 낱말을 찾아 ○ 하세요.

백화점

문제점

점심

점수

2 속뜻짐작 설명에 알맞은 낱말을 보기에서 찾아 빈칸에 써 보세요.

① 학용품, 사무용품 등을 파는 가게

① ☐ ☐ ☐

② 새로 가게를 내서 처음으로 장사를 시작함.

② ☐ ☐

③ 가게에 고용되어 일하는 사람

③ ☐ ☐

> 보기   고객   문구점   널문리   개점   점원   폐점

3 속뜻짐작 대화 속 빈칸에 들어갈 낱말은 무엇인가요? (   )

> 책상을 어디서 사지?
>
> 가구 ☐☐☐이 있잖아. 정해진 가격보다 싸게 살 수 있지.
>
> 맞아. 왜 그 생각을 못 했지? 호호호!

① 매점   ② 입점   ③ 할인점   ④ 가맹점

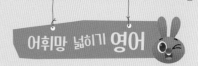

상점은 물건을 파는 가게로, 파는 물건에 따라 상점의 이름이 달라져요.
여러 상점을 나타내는 낱말을 영어로 알아보아요.

department store

department store는 '백화점'이에요. department는 아동복, 남성복처럼 상품을 부문별로 파는 코너(corner)를 뜻해요. 백화점에서 물건을 사거나 장보기하는 것을 보통 '쇼핑(shopping)'이라고 해요.

restaurant

restaurant은 '음식점'이에요. '한국 음식점으로 가요.'라고 말할 때에는 'Let's go to a Korean restaurant.'라고 말하면 돼요. 이외에도 '구내식당'은 cafeteria, '간이식당'은 snack bar라고 해요.

2주 1일
학습 끝!

붙임 딱지 붙여요.

bookstore

bookstore는 '서점', '책방'이에요. bookshop이라고도 하지요. '중고 서점'은 secondhand bookstore, 또는 used bookstore라고 해요. '인터넷 서점'은 internet bookstore라고 하지요.

stationery store

stationery는 '문구류'를 뜻하고, stationery store는 '문구점'을 말해요. '동네 문구점'은 neighborhood stationery store라고 해요.

QR 찍고 발음 듣기

가(街)가 들어간 낱말 찾기

할아버지, 아빠가 오늘 상가에 다녀온다고 늦으신대요.

하루 걸러 상갓집이라니. 왜 그렇게 죽는 사람이 많다니?

할아버지, 그 상가가 아니고요…….

신시가 舊市街

상가 商街

번화가 繁華街
main street

종로 1가
鍾路 1街

가두 행렬
街頭 行列

어가 御街

가로수 街路樹

가로등 街路燈
streetlight

가판대 街販臺
kiosk

방송가 放送街

가 街
거리 가
street

대학가

주택가

학원가

시가지 市街地

1 문장을 읽고, ( ) 안에서 알맞은 낱말을 골라 ○ 하세요.

① 깜깜한 밤에 거리를 밝히기 위해 설치한 조명은 (가로등 / 신호등)입니다.

② 길거리에서 물건을 팔기 위해 설치한 받침대는 (가로등 / 가판대)입니다.

③ 도시의 거리를 여러 사람이 줄지어 걷는 것은 (가두 행렬 / 시가지)입니다.

④ 도시에서 주택이나 상점이 늘어서 있는 지역은 (시가지 / 어가)입니다.

⑤ 물건 파는 상점이 죽 늘어서 있는 거리는 (신시가 / 상가)입니다.

⑥ 임금이 사는 대궐로 이어지는 길은 (어가 / 중심가)입니다.

⑦ 즐길 것, 볼 것이 많아 사람들로 북적이는 거리는 (번화가 / 방송가)입니다.

⑧ 원래 있던 도시를 새롭게 개발한 시가는 (신시가 / 구시가)입니다.

⑨ 종을 단 누각이 있는 거리의 첫 번째 구획 도로는 (가두 행렬 / 종로 1가)입니다.

낱말 설명에 모두 '거리', '길'이라는 뜻이 담겨 있네.

그래서 모두 '거리 가(街)' 자가 들어가.

시가지
市(저사 시) 街(거리 가) 地(땅 지)

도시에 주택, 상점 등이 번화하게 늘어서 있는 지역을 **시가지**라고 해요. 집이 많이 모여 있는 거리는 '주택가'라고 해요. 대학 주변의 거리는 '대학가', 학원 주변의 거리는 '학원가'예요.

신시가
新(새로울 신) 市(저자 시) 街(거리 가)

원래 있던 도시를 종합적으로 재개발해 새롭게(새로울 신, 新) 만든 시가를 **신시가**라고 해요. 반대로 옛 모습이 잘 유지되고 있는 시가는 '옛 구(舊)' 자를 넣어 '구시가'라고 하지요.

상가
商(장사 상) 街(거리 가)

상점(장사 상, 商)들이 죽 늘어서 있는 거리를 **상가**라고 해요. 상가 중 지하도에 있는 상점 거리는 '지하상가'라고 하고, 전자 제품이 즐비하게 늘어서 있는 거리는 '전자 상가'라고 해요.

번화가
繁(번성할 번) 華(빛날 화) 街(거리 가)

명동, 종로, 대학로 등에는 극장, 카페, 음식점 등이 많아서 늘 사람들로 북적거리지요. 이처럼 도시 내에 볼거리, 즐길 거리가 많아 번성하고(번성할 번, 繁) 화려한(빛날 화, 華) 거리를 **번화가**라고 해요.

종로 1가
鐘(쇠북 종) 路(길 로/노) 街(거리 가)

'종로'는 종이 있는 길이란 뜻으로, 종을 단 누각이 있어서 붙여진 이름이에요. **종로 1가**는 이 누각이 있는 거리의 첫 번째 구획에 있는 도로를 말해요.

가두 행렬
街(거리 가) 頭(머리 두) 行(다닐 행) 列(벌일 렬/열)

'가두'는 도시의 길거리란 뜻이고, '행렬'은 여럿이 줄지어 가는 것을 말해요. 그래서 **가두 행렬**은 도시의 길거리에서 여러 사람이 줄지어 걷는 것을 뜻해요.

어가
御(어거할 어) 街(거리 가)

조선 시대에 경복궁은 임금이 사는 궁궐이었어요. 경복궁 앞에 있는 큰길인 지금의 세종로를 예전에는 어가라고 했어요. **어가**는 대궐로 통하는 거리란 뜻이에요.

가로수 / 가로등
街(거리 가) 路(길 로/노) 樹(나무 수) 燈(등잔 등)

시가지의 큰 도로를 '가로'라고 해요. 그래서 큰 도로 양쪽에 줄지어 심은 나무는 '나무 수(樹)' 자를 넣어 **가로수**라고 해요. **가로등**은 밤에 길거리를 밝히기 위해 설치해 놓은 등(등잔 등, 燈)이에요.

가판대
街(거리 가) 販(팔 판) 臺(대 대)

가판대는 거리(거리 가, 街)에서 물건을 팔기(팔 판, 販) 위해 설치한 받침대(대 대, 臺)를 말해요. 보통 신문이나 간단한 간식거리를 팔아요.

방송가
放(놓을 방) 送(보낼 송) 街(거리 가)

텔레비전이나 라디오 등 방송과 관련된 사람들의 사회를 **방송가**라고 해요. 방송가는 연출, 극본, 조명, 음향, 그래픽 디자인 등 다양한 직업군이 모여 일하는 곳이에요.

조선의 중심 거리, 운종가

종로는 서울의 대표적인 중심가로, 조선 시대에는 종로를 운종가라고 했어요. 사람이 구름(구름 운, 雲)처럼 몰리는(좇을 종, 從) 거리(거리 가, 街)라 해서 붙여진 이름이지요. 운종가는 전국 팔도에서 가장 번화한 거리였어요. 나라에서 관리하는 육의전이라는 가게가 즐비하게 늘어서 있었기 때문이에요. 육의전은 명주, 종이, 생선, 모시, 비단, 무명 등 여섯 종류의 물건을 파는 가게를 말해요. 조선의 온갖 물품이 육의전에 모여들었기에 운종가는 일 년 내내 사람들의 발길이 끊이지 않았답니다.

 톡

길과 관련된 고유어에는 무엇이 있을까요? 시가지의 큰 도로를 뜻하는 가로는 고유어로 '한길'이라고 해요. 한길은 마을에서 가장 큰길로, 차와 사람이 많이 다니는 거리를 말하지요. '길목'은 큰길에서 좁은 길로 들어가는 어귀를 말하고, '길모퉁이'는 길이 구부러져 꺾이는 곳을 뜻해요.

1 밑줄 친 낱말의 '가' 자와 다른 뜻으로 쓰인 것은 무엇일까요? (   )

대학가 곳곳에서 기숙사 신축 문제로 갈등이 빚어지고 있다.

① **상가** : 가게들이 늘어서 있는 거리

② **학원가** : 학원 주변의 거리

③ **가로** : 시가지의 넓은 도로

④ **가수** : 노래 부르는 것이 직업인 사람

2 다음 그림과 설명이 가리키는 낱말에는 모두 '가' 자가 들어가요. 알맞은 말을 보기에서 찾아 빈칸에 써 보세요.

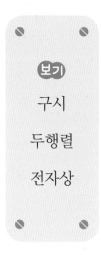

보기

구시

두행렬

전자상

3 속뜻 짐작 낱말에 알맞은 설명을 선으로 이어 주세요.

연예가 •

시가전 •

• 음악, 무용, 쇼 등 연예 일을 하는 사람들이 모인 집단

• 도시 거리에서 벌어지는 전투

번화가, 시가지와 같이 거리를 나타내는 말은 다양해요.
거리와 지역을 구분하는 영어 단어들을 함께 알아볼까요?

downtown

downtown은 '도심', '중심지'라는 뜻으로, 도시 안에서 문화, 경제, 상업 등이 활발히 이루어지는 지역을 말해요. 반대로 도심을 벗어난 교외에 주택들이 모여 있는 지역을 uptown이라고 해요.

slum

slum은 도시의 '빈민가'를 뜻하는 말로, 보통 영어 그대로 '슬럼'이라고 해요. 도시가 복잡해지면서 교통, 환경오염 등의 문제로 부유한 사람들이 교외로 나가고 도시 뒷골목의 열악한 주거 지역에 빈민들이 모여 살면서 슬럼이 되었어요.

**2주 2일
학습 끝!**

붙임 딱지 붙여요.

main street

main street은 '시내 중심가', '번화가'를 뜻해요. downtown의 main street에는 음식점, 옷 가게, 상점들이 몰려 있어요. 여러분 지역의 main street은 어디인가요?

outskirt

outskirt는 '변두리', '교외', '근교'라는 뜻이에요. 주로 도시의 가장자리에 있는 지역이나 마을을 말하지요. 나무와 계곡, 넓은 들이 있어 휴일에는 교외로 나들이 가는 사람들로 북적이기도 해요.

QR 찍고 발음 듣기

개(個)가 들어간 낱말 찾기

개월 個月
month

개당 個當

개수 個數
number

개별 지도
個別 指導

개인기

개인 個人
individual

개인택시

각개 各個

개인 정보 보호법

개
個
낱 개

별개 別個

개성 個性
personality

낱개 - 個

개인주의
個人主義

개체군 個體群
population

1 기차 칸을 한 칸씩 이동하면서, 설명하는 낱말을 보기에서 찾아 빈칸에 써 보세요.

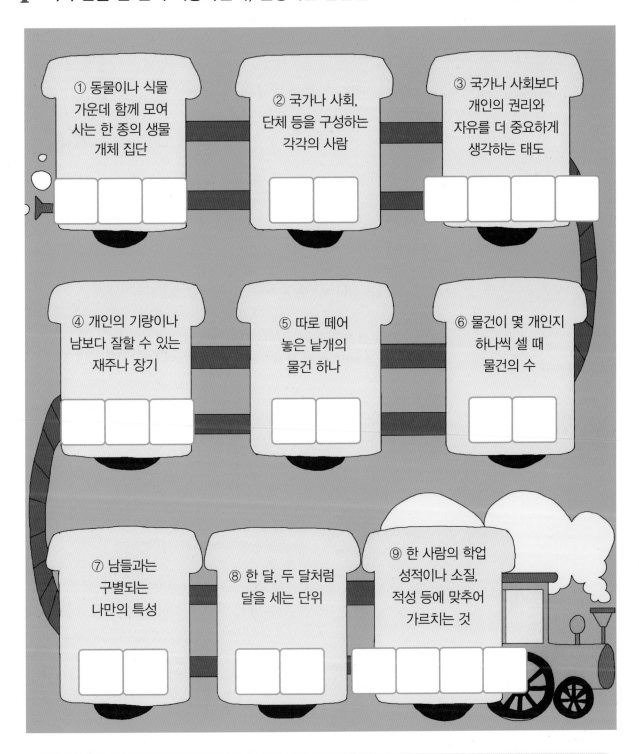

① 동물이나 식물 가운데 함께 모여 사는 한 종의 생물 개체 집단

② 국가나 사회, 단체 등을 구성하는 각각의 사람

③ 국가나 사회보다 개인의 권리와 자유를 더 중요하게 생각하는 태도

④ 개인의 기량이나 남보다 잘할 수 있는 재주나 장기

⑤ 따로 떼어 놓은 낱개의 물건 하나

⑥ 물건이 몇 개인지 하나씩 셀 때 물건의 수

⑦ 남들과는 구별되는 나만의 특성

⑧ 한 달, 두 달처럼 달을 세는 단위

⑨ 한 사람의 학업 성적이나 소질, 적성 등에 맞추어 가르치는 것

보기 개체군 개성 개인주의 개인 개수 개월 개당 개별 지도 개인기

57

개당
個(낱 개) 當(마땅할 당)

'사과 3개에 2,100원이면 개당 얼마야?'라는 말에서 개당은 '사과 한 개마다'라는 뜻이에요. 이처럼 **개당**은 낱개의 물건 하나를 가리키는 말이에요.

개월
個(낱 개) 月(달 월)

개월은 낱낱(낱 개, 個)의 달(달 월, 月)을 세는 단위예요. 고유어로 '달', 또는 '삭'이라고 해요.

개수
個(낱 개) 數(셈 수)

개수는 하나하나 낱낱(낱 개, 個)으로 세는 물건의 수(셈 수, 數)를 뜻해요. 비슷한말로 '수', '수효'가 있어요.

개인
個(낱 개) 人(사람 인)

개인은 국가나 사회 등을 구성하는 낱낱의 사람으로 다른 낱말에 붙여 쓰는 경우가 많아요. '개인기'는 개인의 기량, '개인택시'는 개인이 관리하는 택시, '개인 정보 보호법'은 개인의 사생활을 보호하는 법이에요.

개성
個(낱 개) 性(성품 성)

다른 사람과 구별되는 그 사람만이 갖고 있는 고유의 특성(성품 성, 性)을 **개성**이라고 해요. 반면 개성이 없는 것은 '빠질 몰(沒)' 자를 붙여 '몰개성'이라고 해요.

개인주의
個(낱 개) 人(사람 인) 主(주인 주) 義(옳을 의)

개인주의는 국가나 사회보다 낱낱(낱 개, 個)의 사람(사람 인, 人)인 개인의 권리와 자유를 중요하게 여기는 사고방식이에요. 이런 개인주의를 따르거나 주장하는 사람을 개인주의자라고 해요.

개체군
個(낱 개) 體(몸 체) 群(무리 군)

개체는 하나의 독립된 생물체를 뜻해요. 여기에 '무리 군(群)' 자가 붙은 **개체군**은 한곳에서 같이 생활하는 한 종의 생물 개체의 집단을 뜻해요.

낱개
個(낱 개)

'낱' 자는 셀 수 있는 물건의 하나하나를 뜻해요. 여기에 '낱 개(個)' 자가 붙은 **낱개**는 여럿 가운데 따로따로인 한 개를 뜻하는 말이에요. 초콜릿이 하나씩 따로 포장된 것을 낱개 포장이라고 해요.

별개 / 각개
別(다를 별) 個(낱 개) 各(각각 각)

별개는 서로 다른(다를 별, 別) 낱개(낱 개, 個)란 뜻으로, 관련 없이 서로 다르다는 뜻이에요. **각개**는 하나하나 낱개라는 뜻이고, '개개'는 각각 하나하나라는 뜻이에요.

개별 지도
個(낱 개) 別(다를 별) 指(손가락 지) 導(인도할 도)

'개별'은 여럿 중에서 하나씩 떨어진 것을 말해요. 여기에 남을 가르친다는 뜻의 지도를 쓰면 학생 개인의 소질, 능력에 맞춰 지도한다는 뜻의 **개별 지도**가 돼요.

개인주의와 이기주의

'지금 우리 사회에는 개인주의와 이기주의가 널리 퍼져 있다.'는 말을 들어 본 적 있나요? 이 문장에서는 개인주의와 이기주의를 비슷한 뜻으로 사용하고 있어요. 하지만 개인주의와 이기주의는 엄연히 다른 말이에요.

개인주의는 사회보다 개인의 자유와 권리를 더 중요하게 생각하는 거예요. 그렇다고 사회를 인정하지 않는 것은 아니에요. 개인주의는 자신뿐만 아니라 다른 사람에 대한 자유와 권리를 중요하게 생각하는 배려가 밑바탕에 깔려 있어요. 다른 사람의 이익도 생각하지만 나의 이익을 먼저 생각하는 거예요. 하지만 다른 사람에게 해를 끼치지는 않지요. 반면 이기주의는 사회 질서나 다른 사람을 생각하지 않고 무작정 내 자유와 권리만을 내세우는 거예요. 모든 권리에는 의무가 따르는 법이에요. 의무는 다하지 않고 권리만 주장한다면 사회는 제대로 돌아가지 않을 거예요. 이처럼 개인주의와 이기주의의 차이는 다른 사람들을 배려하고 인정하느냐, 인정하지 않느냐에 달려 있답니다.

낱말상식 톡

'깍쟁이'는 자기 이익만 챙기고 남은 배려하지 않는 이기적인 사람을 가리키는 말로, '깍정이'가 변한 말이에요. 조선 시대, 태조가 죄지은 사람을 다스리면서 얼굴에 먹으로 죄명을 새겨 넣었는데, 이들을 깍정이라고 했어요. 깍정이는 지금의 청계천과 마포 지역에서 구걸을 하거나 장의사 노릇을 하며 사람들의 돈을 뜯어내며 살았어요. 이후 깍정이는 점차 이기적이고 얄미운 사람을 일컫는 깍쟁이로 변하여 쓰이게 되었답니다.

1 다음 글을 읽고, 알맞은 낱말을 보기에서 찾아 빈칸에 번호를 쓰세요.

○○ 미술 학원, 원생 모집!

아무리 그려도 그림을 그리지 못하는 이유는 무엇일까요?

그것은 ☐의 특성에 맞는 방법을 찾지 못했기 때문입니다.

○○ 미술 학원은 한 사람 한 사람의 능력에 맞춰 일대일로 ☐합니다.

최소 6 ☐(이)면 상상력이 뛰어난 그림을 그릴 수 있습니다.

지금 상상 미술 학원으로 오세요. 여러분의 꿈을 이룰 수 있도록 도와드립니다.

> 보기   ① 개별 지도   ② 개인   ③ 개월   ④ 개수

2 밑줄 친 낱말의 '개' 자와 다른 뜻으로 쓰인 것은 무엇일까요? (   )

> **개인** 정보 보호법은 **개인**의 사생활을 보호하는 법이다.

① **개인택시** : 개인이 직접 운영하는 택시

② **개체군** : 함께 생활하는 생물 개체들이 모인 집단

③ **개최** : 모임이나 행사 등을 여는 것

④ **개인기** : 개인의 기량

3 속뜻짐작 다음 낱말에 알맞은 설명을 선으로 이어 주세요.

| 개중 | • | • | 적을 따로따로 나누어서 물리침. |

| 각개 격파 | • | • | 여럿 가운데 하나 |

> 개중은 '사과 다섯 개를 샀는데, 개중에는 썩은 것도 있어.'처럼 써.

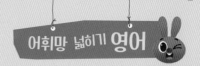

우리는 물이나 우유 등을 달라고 할 때 보통 한 병이나 한 컵이라고 해요.
이처럼 낱개로 셀 수 없는 것들을 영어로는 어떻게 나타내는지 알아볼까요?

a glass of

glass는 '유리', '잔', '컵'이란 뜻으로, 보통 차가운 음료를 담을 때 쓰는 유리잔, 유리컵을 말해요. a glass of milk는 '우유 한 잔', a glass of juice는 '주스 한 잔'을 뜻해요.

a cup of

cup은 '컵', '잔'을 뜻해요. 주로 뜨거운 음료를 담을 때 사용하지요. '커피 한 잔'은 a cup of coffee라 하고, '차 한 잔'은 a cup of tea라고 해요.

2주 3일
학습 끝!

붙임 딱지 붙여요.

a piece of

piece는 나누어 놓은 것 중 '한 부분', '한 개', '한 장'이라는 뜻이에요. '피자 한 판'은 a pizza, '피자 한 조각'은 a piece of pizza라고 해요. '종이 한 장'은 a piece of paper라고 해요.

a bottle of

bottle은 '병'이란 뜻으로, '물 한 병'은 a bottle of water예요. 가게에서 '물 한 병 주세요.'라고 말하고 싶을 때는 'I'd like a bottle of water, please.'라고 하면 돼요.

QR 찍고 발음 듣기

거(巨)가 들어간 낱말 찾기

거대 생물

거대 자본

거대 도시

거대 巨大 huge

거물 巨物

거인 巨人 giant

거성 巨星 giant star

거시적 巨視的

거구 巨軀

거 巨 클 거

거창 巨創

거장 巨匠 master

거석문화 巨石文化

거상 巨商

거금 巨金

거부 巨富

1 설명에 알맞은 낱말을 찾아 선으로 이어 주세요.

큰 돌을 다루어서 기념물이나
고인돌을 만들던 선사 시대의 문화 •

엄청나게 큼. •

어떤 일을 부분만 보지 않고
전체적으로 보면서 분석하는 것 •

아주 많은 돈 •

큰 별. 또는 어떤 분야에서
매우 뛰어난 업적을 남긴 사람 •

• 거대

• 거금

• 거성

• 거석문화

• 거시적

2 그림과 설명을 보고, 알맞은 낱말을 보기에서 찾아 빈칸에 번호를 쓰세요.

① 고흐나 피카소처럼 어떤 분야에서 재능이 아주 뛰어난 사람을 □(이)라고 해요.

② 조선 시대 여자 상인이었던 김만덕처럼 큰 규모로 장사하는 상인을 □(이)라고 해요.

③ 일본의 스모 선수처럼 아주 큰 몸집을 □(이)라고 해요.

보기   ① 거구   ② 거장   ③ 거상

거대
巨(클 거) 大(큰 대)

거대는 엄청나게 크다는 말이에요. 그래서 '거대 생물'은 매머드처럼 큰 생물, '거대 자본'은 사업하는 데 들어가는 큰 돈, '거대 도시'는 인구가 많은 큰 도시예요.

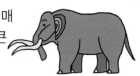

거물
巨(클 거) 物(물건 물)

거물은 큰(클 거, 巨) 물건(물건 물, 物)이라는 뜻이에요. 하지만 물건보다는 주로 학문, 세력 등이 뛰어나 사회적으로 큰 영향력을 끼치는 사람을 가리켜요.

거인
巨(클 거) 人(사람 인)

거인은 몸이 아주 큰 사람이에요. 그리스 신화에 나오는 외눈박이 거인 폴리페모스처럼 신화나 설화의 초인간적인 거대한 인물을 뜻하기도 해요. 또 위대한 업적을 쌓은 사람이란 뜻으로도 쓰여요.

거성
巨(클 거) 星(별 성)

거성은 큰(클 거, 巨) 별(별 성, 星)이란 뜻으로, 별 중에서도 밝기와 반지름이 큰 별을 말해요. 또 어떤 분야에서 매우 뛰어나고 훌륭한 업적을 남긴 사람에게도 '~계의 거성'이라고 비유적으로 일컬어요.

거구
巨(클 거) 軀(몸 구)

거구는 매우 큰(클 거, 巨) 몸(몸 구, 軀)란 뜻으로, 보통 사람보다 몸집이 큰 사람을 가리켜요. '씨름 선수는 대부분 거구이다.'처럼 쓸 수 있어요.

거장 / 거상
巨(클 거) 匠(장인 장) 商(장사 상)

거장은 위대한 장인(장인 장, 匠)이라는 뜻으로 예술, 과학 등의 분야에서 특별히 뛰어난 사람을 가리켜요. 거상은 크게 장사(장사 상, 商)하는 사람을 가리키고, '거부'는 부자 중에도 대단히 큰 부자를 뜻해요.

거금
巨(클 거) 金(쇠 금)

거금은 아주 많은 돈(쇠 금, 金)이라는 뜻이에요. 이와 비슷한 말로 '이마 액(額)' 자를 쓴 '거액'이 있어요. 이 두 낱말은 고유어인 '큰돈'으로 바꾸어 쓸 수 있지요.

거석문화
巨(클 거) 石(돌 석)
文(글월 문) 化(될/변화할 화)

거석문화는 큰 돌로 무덤이나 석상 등의 기념물을 만들던 선사 시대의 문화로, 신석기 시대 이후부터 청동기 시대까지 유지되었어요. 우리나라에 많은 고인돌이 대표적인 거석문화예요.

거창
巨(클 거) 創(비롯할 창)

거창은 일의 크기가 매우 넓고 큰 것을 말해요. '거창한 계획'은 크고 대단한 계획이란 뜻이고, '거창하게 말하면'은 실제보다 크게 부풀려 말하는 것을 뜻해요.

거시적
巨(클 거) 視(볼 시) 的(과녁 적)

'나무보다 숲을 봐라.'는 말이 있어요. 부분보다는 전체를 보라는 말이지요. 이렇게 넓게 보는 것을 거시적이라고 해요. 반대로 전체보다 작은(작을 미, 微) 부분을 자세히 보는 것을 '미시적'이라고 해요.

청동기 시대의 무덤, 고인돌

아주 큰 돌을 거석이라고 하는데, 청동기 시대에는 이 큰 돌을 숭배의 대상이나 무덤으로 사용했어요. 이를 거석문화라고 해요. 대표적인 거석문화 중 하나가 고인돌이에요. 고인돌은 굄돌, 고임돌에서 비롯된 말로, 물건이 기울어지거나 쓰러지지 않도록 아래를 받쳐 괴는 돌을 말해요. 고인돌은 한자어로 지석묘(지탱할 지 支, 돌 석 石, 무덤 묘 墓)라고 해요. 고인돌은 모양에 따라 크게 탁자식, 바둑판식, 개석식 고인돌로 나뉘어요. 사진을 보며 고인돌에 대해 좀 더 자세히 알아보아요.

〈고인돌의 종류〉

탁자식 고인돌
탁자식 고인돌은 굄돌을 세우고 그 위에 덮개돌을 얹어 놓은 것으로, 그 모양이 마치 탁자처럼 생겼어요.

위에 있는 돌이 덮개돌이고, 아랫돌이 굄돌이야.

바둑판식 고인돌
바둑판식 고인돌은 탁자식보다 짧은 굄돌을 여러 개 세우고 덮개돌을 얹은 것으로, 땅 밑에는 무덤방이 있어요.

이건 정말 바둑판처럼 생겼네.

개석식 고인돌
개석식 고인돌은 굄돌이나 받침돌 없이 커다란 덮개돌만 올린 것으로, 덮개돌 아래에 무덤방이 있어요. 덮개돌은 개석이라고도 해요.

우리나라에서 가장 많이 발견된 것이 개석식 고인돌이래.

낱말상식 톡

덮개돌이나 굄돌, 받침돌처럼 우리 주변에는 특별한 이름을 갖고 있는 돌들이 있어요. '디딤돌'은 말 그대로 발을 디디고 다닐 수 있도록 띄엄띄엄 놓은 평평한 돌이에요. '부싯돌'은 불을 일으키는 데 사용되는 돌을 말하고, '구른돌'은 시간이 지나면서 서서히 닳아 모서리가 무뎌진 돌이에요.

1 문장의 빈칸에 어울리지 않는 낱말은 무엇일까요? (   )

> 그 시인은 한국 문학의 [   ](으)로, 아름다운 시를 많이 남겼다.

① 거물   ② 거성   ③ 거인   ④ 거액

2 빈칸에 들어갈 말을 <보기>에서 찾아 써 보세요.

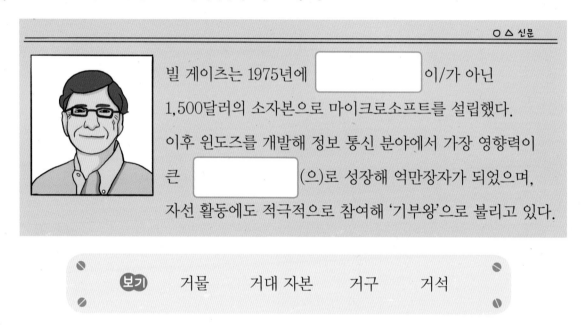

○△신문

빌 게이츠는 1975년에 [   ]이/가 아닌 1,500달러의 소자본으로 마이크로소프트를 설립했다.

이후 윈도즈를 개발해 정보 통신 분야에서 가장 영향력이 큰 [   ](으)로 성장해 억만장자가 되었으며, 자선 활동에도 적극적으로 참여해 '기부왕'으로 불리고 있다.

> [보기]   거물   거대 자본   거구   거석

3 [속뜻 짐작] 빈칸에 들어갈 낱말을 찾아 ○ 하세요.

와! 포도다~

포도가 맞긴 한데, 더 정확한 이름은 [   ]이야. 다른 포도보다 알이 커서 붙여진 이름이지.

거석	거봉	거성	거상

거대한, 거구, 거성에는 모두 '크다'는 뜻이 담겨 있어요.
'크다'라는 뜻의 영어 단어에는 어떤 것이 있는지 알아보아요.

big, large, huge, enormous, giant

big이나 large는 small(작은)에 반대되는 의미인 '크다'라는 뜻이에요. '엄청나게 큰', 또는 '거대한'처럼 큰 것을 강조할 때는 huge나 enormous, giant 등을 써요.

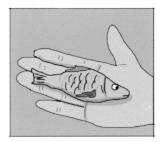  

It's a small fish.　　　It's a big fish.　　　It's a huge fish.

2주 4일
학습 끝!

붙임 딱지 붙여요.

big과 large는 '크다'라는 뜻은 같지만, large는 공간이 크거나 양이 많을 때 주로 쓰고, big은 무게가 많이 나가거나 규모가 클 때 써요. huge나 enormous는 비정상적으로, 또는 예상을 훨씬 뛰어넘을 때 써요. 그리고 giant는 실제 눈으로 볼 수 있는 거대한 생물이나 사물을 묘사할 때 써요.

The king lived in a large castle.
(그 왕은 큰 성에 살았다.)

The emperor lived in an enormous palace.
(그 황제는 거대한 궁전에서 살았다.)

Giant squids live in the deep sea.
(대왕오징어는 깊은 바다에서 산다.)

The giant star is 350 times bigger than the Sun.
(그 거성은 태양보다 350배나 크다.)

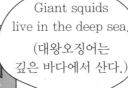

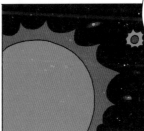

QR 찍고 발음 듣기

청(廳)이 들어간 낱말 찾기

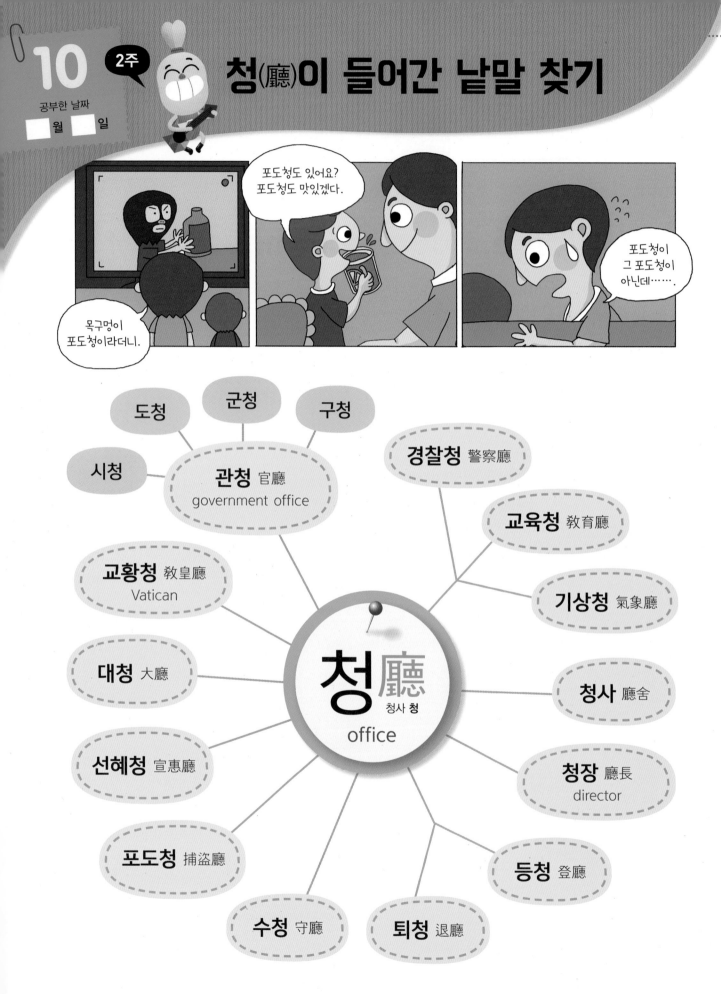

1 다음 설명에 알맞은 낱말의 글자를 보기 에서 찾아 써 보세요.

① 나랏일을 하는 사람이 일하는 곳으로 출근하는 것

② 한옥에서 방과 방 사이에 있는 큰 마루

③ 경찰이 하는 일을 관리하고 다스리는 국가 기관

④ 조선 시대에 죄지은 사람을 잡아들여 다스리던 곳

⑤ 나랏일을 맡아보는 국가 기관

청

⑥ 관청의 사무실로 쓰는 건물

⑦ 교황을 중심으로 전 세계의 가톨릭 신도와
　가톨릭교회를 다스리는 곳

⑧ 교육청, 기상청 등과 같이 중앙 행정 기관의 우두머리

⑨ 조선 시대에 세금으로 내던 쌀의
　출납을 관리하던 기관

⑩ 높은 벼슬아치 밑에서 시중을 들던 일

보기　사　대　등　포　도　장　경찰　관　교황　수　선혜

모든 낱말에
'청' 자가
들어가네.

응, 모두 '청사
청(廳)' 자야. '관청,
관아'란 뜻이지.

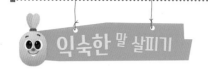
관청
官(벼슬 관) 廳(청사 청)

나랏일을 맡아보는 기관을 **관청**이라고 해요. 관청에는 각 시, 도, 군, 구의 일을 관리하는 '시청', '도청', '군청', '구청', '주민 센터' 등이 있어요.

경찰청 / 교육청
警(경계할 경) 察(살필 찰) 廳(청사 청)
教(가르칠 교) 育(기를 육)

경찰청은 경찰이 하는 일을 관리·감독하는 기관이고, **교육청**은 초중고 및 대학교 교육과 교육 시설에 관한 일을 하는 기관이에요. '기상청'은 대기(기운 기, 氣) 현상(코끼리 상, 象)인 날씨를 관측해 예보하는 정부 기관이에요.

청사
廳(청사 청) 舍(집 사)

청사는 관청의 사무실로 쓰는 건물로, 시청, 구청 등의 건물을 말해요. 특히 중앙의 여러 관청을 한곳에 모아 둔 건물을 정부 청사라고 해요. 대한민국의 정부 청사는 세종특별자치시에 있어요.

청장
廳(청사 청) 長(긴 장)

검찰청, 교육청, 산림청처럼 '청사 청(廳)' 자가 붙은 정부 기관의 우두머리(긴 장, 長)를 **청장**이라고 해요. '긴 장(長)' 자에는 우두머리, 책임자라는 뜻이 있지요.

등청 / 퇴청
登(오를 등) 廳(청사 청) 退(물러날 퇴)

학교에 가는 것을 '등교'라고 해요. 그럼 나랏일을 하는 사람이 관청에 출근하는 것은 무엇이라고 할까요? 바로 **등청**이에요. 반대로 관청에서 일을 마치고 퇴근하는(물러날 퇴, 退) 것은 **퇴청**이라고 해요.

수청
守(지킬 수) 廳(청사 청)

〈춘향전〉에서 부패한 관리가 춘향에게 '수청을 들라!' 하고 강요하는 대목이 나와요. **수청**은 옛날에 관청에서 높은 벼슬아치의 시중을 드는 일이나 그런 일을 하는 사람을 말해요. 비슷한말로 '청지기'라고도 해요.

포도청
捕(잡을 포) 盜(도둑 도) 廳(청사 청)

포도청은 조선 시대에 도둑(도둑 도, 盜)을 잡고(잡을 포, 捕) 범죄를 막는 일을 했던 기관이에요. 포도청의 우두머리는 '포도대장'이라고 불렀어요.

선혜청
宣(베풀 선) 惠(은혜 혜) 廳(청사 청)

조선 중기 이후에는 세금을 쌀로 내는 대동법을 실시했어요. 이때 대동법을 담당한 곳이 **선혜청**이었어요. 백성들에게 은혜(은혜 혜, 惠)를 베푸는(베풀 선, 宣) 관청(청사 청, 廳)이란 뜻이지요.

대청
大(큰 대) 廳(청사 청)

대청은 한옥의 방과 방 사이에 있는 큰 마루로, 흔히 마루까지 붙여 '대청마루'라고 해요. 오늘날의 거실과 같은 공간으로, 온 가족이 모여 이야기를 나누던 곳이에요.

교황청
教(가르칠 교) 皇(임금 황) 廳(청사 청)

교황청은 가톨릭교회의 최고 성직자인 교황이 전 세계 가톨릭 신도와 가톨릭교회를 다스리는 기관이에요. 교황청은 이탈리아 로마의 바티칸 시국에 있어요. 바티칸 시국은 세계에서 가장 작은 나라예요.

조선 시대와 오늘날의 관청

조선 시대에도 경찰청, 국세청, 검찰청 등의 관청이 있었어요. 예를 들어 오늘날의 서울 시청과 같은 일을 하던 곳은 한성의 행정을 맡아보던 한성부였어요. 한성부 판윤은 한성부의 우두머리로 지금의 서울 시장과 같은 자리였지요. 이 밖에 조선 시대와 오늘날의 비슷한 관청은 무엇이 있는지 살펴보아요.

〈조선 시대와 비슷한 오늘날의 관청〉

조선 시대의 포도청에서는 도적이나 강도 등 죄 지은 사람을 잡고 범죄를 막는 일을 했어요. 지금은 이러한 일을 경찰청에서 해요.

의금부에서는 나라를 어지럽히는 중죄인을 잡아 심문하고 벌을 내렸어요. 지금은 검찰청에서 범인을 찾아내 조사하고 재판을 받게 해요.

세금으로 내던 쌀인 대동미를 걷고 관리하던 선혜청은 오늘날 세금을 매기고 거두는 일을 하는 국세청과 비슷한 관청이었어요.

유향소는 지방의 수령을 도와 고을의 일을 처리하던 기구로, 오늘날의 지방 의회와 비슷한 관청이에요.

'목구멍이 포도청이다.'라는 속담을 들어 본 적 있을 거예요. 조선 시대 포도청은 일반 백성들에게 아주 무서운 곳이었어요. '목구멍이 포도청'이란 말은 그런 무서운 포도청을 드나든다 해도 가난 때문에 어쩔 수 없이 죄를 짓게 된다는 뜻이에요. 즉, 배가 고프면 먹고살기 위해 해서는 안 될 범죄도 저지른다는 말이지요.

1 밑줄 친 낱말의 '청' 자와 다른 뜻으로 쓰인 것은 무엇일까요? (   )

① **교황청**은 바티칸 시국에 있어.

② **대청**에 시원한 바람이 불어.

③ **경찰청**은 국민을 위해 일해.

④ 선생님 말씀을 **경청**해야 해.

2 낱말에 알맞은 뜻을 찾아 선으로 이어 보세요.

기상청	•	•	학교와 교육 등에 관한 일을 하는 기관
청사	•	•	날씨를 관측하고 예보하는 기관
교육청	•	•	관청의 사무실로 쓰는 건물

3 속뜻 짐작 다음 대화 내용을 보고, 5모둠에서 발표하는 기관을 찾아 색칠해 보세요.

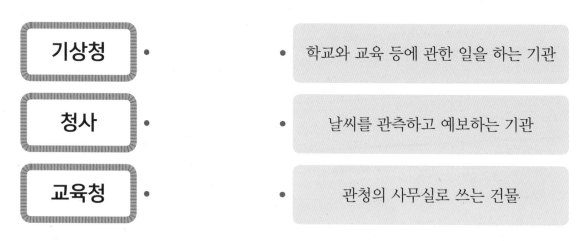

| 포도청 | 선혜청 | 관세청 |

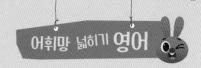

행정부는 영어로 government라고 해요.
우리나라와 미국의 주요 정부 부처를 비교하며 관련 단어를 영어로 알아보아요.

행정부의 최고 높은 사람은 바로 대통령, president예요. 그리고 대통령의 지휘 아래 여러 정부 부처(government department)들이 있어요. 우리나라의 '부처'는 ministry, '장관'은 minister라고 해요. 반면 미국의 '부처'는 department, '장관'은 secretary라고 해요.

한국		미국

Ministry of Strategy and Finance
(기획 재정부)
Minister of Strategy and Finance
(기획 재정부 장관)

국가 발전 계획에 따라 세금을 걷고, 국가 재정을 관리하는 곳이에요. strategy는 '전략', finance는 '재정'이라는 뜻으로 돈과 관련된 부처라는 뜻이에요.

Department of Treasury
(재무부)
Secretary of Treasury
(재무 장관)

우리나라의 기획 재정부에 해당하는 부처로 '재무부'라고 해요. treasury는 treasure(보물)이라는 단어에서 온 말로 원래는 '금고'라는 뜻이었는데, 오늘날에는 재무부를 가리켜요.

2주 5일
학습 끝!
붙임 딱지 붙여요.

Ministry of Foreign Affairs(외교부)
Minister of Foreign Affairs(외교부 장관)

외교와 관련된 일을 하는 곳이에요. foreign은 '외국의'라는 뜻이고, affair는 '사건'이나 '문제'라는 뜻이에요.

Department of State(국무부)
Secretary of State(국무부 장관)

우리나라의 외교부에 해당하는 부처는 '국무부'예요. 강대국인 미국은 여러 외교 문제가 많아 미국 국무부 장관의 역할이 매우 중요해요.

Ministry of National Defense(국방부)
Minister of National Defense(국방부 장관)

나라를 방어하는 일과 군사를 관리하는 일을 하는 곳이에요. national은 '국가의'라는 뜻이고 defense는 '방어'라는 뜻이에요.

Department of Defense(국방부)
Secretary of Defense(국방부 장관)

미국은 세계 최강의 군대를 가지고 있어요. 그런 만큼 미국 국방부 장관이 다른 나라에 끼치는 영향력은 매우 크겠죠?

QR 찍고 발음 듣기

보양 음식 '육개장'

쨍 쨍
이글 이글

날이 너무 더워서 힘들어요.

그럼 기운 나게 육개장 해 먹을까?

육개장?

육개장은 원래 개장에서 유래된 말이야.

개장요?

옛날 선조들이 먹던 보양 음식, 즉 보신탕을 말해.

헉, 보신탕요?

멍 멍 멍 멍 멍 멍 멍

옛날에는 고기가 귀했으니까.

네……

나중에는 개 대신에 나이 들거나 병든 소를 도축해 국을 끓였지.

그래서 개장국에서 육개장이 된 거야.

아 ~ 쇠고기구나

육개장은 조선의 마지막 임금인 순종이 드시고 기운을 차린 음식으로 알려져 있어.

오~ 기운이!

이처럼 육개장은 19세기 후반에 생긴 음식이란다.

아~

이후 육개장은 서울에서 대구탕반이란 이름으로 큰 인기를 얻었지.

오, 그럼 저도 육개장 먹고 기운 차릴래요!

어...... 그래

후루룩 후루룩

천천히 먹어.

빨리 기운 차리게 두 그릇!

그런데 뜨거운 걸 먹어서 그런지 더 더운 것 같아요.

그렇게 천천히 먹으라니까.

토닥이와 함께
파이팅!!

PART 2

PART2에서는 상대어나 주제어를 중심으로
관련이 있는 낱말들을 연결해서 배워요.

빈(貧)과 부(富) 비교하기

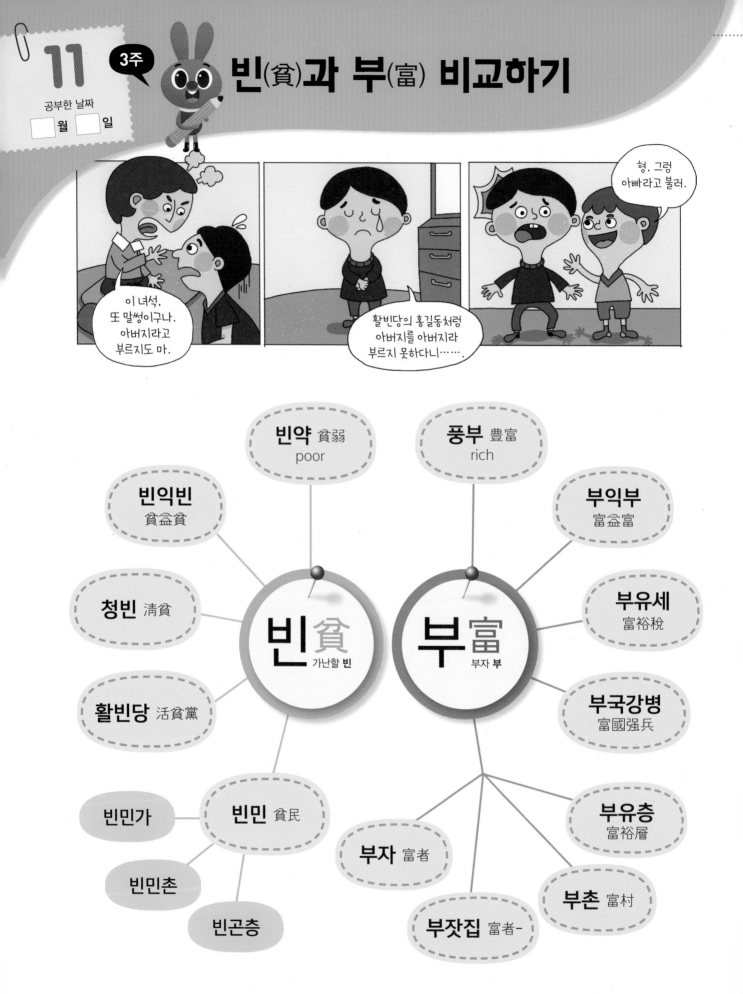

빈약 貧弱 poor

풍부 豊富 rich

빈익빈 貧益貧

부익부 富益富

청빈 淸貧

부유세 富裕稅

활빈당 活貧黨

빈貧 가난할 빈

부富 부자 부

부국강병 富國强兵

빈민가

빈민 貧民

부유층 富裕層

빈민촌

부자 富者

빈곤층

부촌 富村

부잣집 富者-

1 각 설명에 알맞은 낱말을 골라 ○ 하세요.

① 재물이 많아 살림이 넉넉한 사람

② 나라를 부유하게 만들고 군사력을 키우는 것

③ 넉넉하고 많음.

④ 부자가 더 큰 부자가 됨.

빈민	부자
부국강병	활빈당
부귀영화	풍부
빈익빈	부익부

2 ①번부터 낱말의 뜻을 읽고 맞으면 ○, 틀리면 X를 따라가며 보물을 찾아보세요.

① 가난한 사람을 '부자'라고 해요.

○ ➡ ③번	X ➡ ⑤번

② '청빈'이란 마음이 맑고 재물에 욕심이 없어 가난한 것을 말해요.

○ ➡ ⑩번	X ➡ ⑪번

③ 다시 풀어 볼까요?

④ 가난하고 약해서 보잘것없을 때 '빈약'하다고 해요.

○ ➡ ⑧번	X ➡ ⑦번

⑤ 가난한 사람이 더욱 더 가난해지는 것을 '부익부'라고 해요.

○ ➡ ⑥번	X ➡ ④번

⑥ 다시 천천히 문제를 읽어 봐요.

⑦ 뜻을 생각하며 다시 읽어 보세요.

⑧ '빈익빈'은 가난한 사람이 더 가난해지는 것을 말해요.

○ ➡ ⑨번	X ➡ ⑦번

⑨ 허균의 〈홍길동전〉에 나오는 의적단을 '활빈당'이라고 해요.

○ ➡ ②번	X ➡ ⑥번

⑩ 가난한 사람이 사는 집을 '빈민가'라고 해요.

○ ➡ ⑫번	X ➡ ⑪번

⑪ 다시 해 봐요!

⑫ 참 잘했어요. 보물을 찾았네요!

빈약 vs 풍부
貧(가난할 빈) 弱(약할 약)
豊(풍년 풍) 富(부자 부)

빈약은 가난하고(가난할 빈, 貧) 약해서(약할 약, 弱) 보잘것없는 것을 말해요. 반대로 넉넉하고 많은 것은 풍부라고 해요.

빈익빈 vs 부익부
貧(가난할 빈)
益(더할 익) 富(부자 부)

빈익빈은 가난에 가난을 더하다(더할 익, 益)는 말로, 가난할수록 더욱 가난해진다는 뜻이에요. 반대로 부익부는 부자일수록 더욱 부자가 된다는 뜻이에요.

청빈
淸(맑을 청) 貧(가난할 빈)

청빈은 마음이 맑고(맑을 청, 淸) 재물에 욕심이 없어 가난(가난할 빈, 貧)하다는 뜻이에요. 비슷한말로 '청렴', '청백'이 있어요. 비록 가난하지만 깨끗하게 도리를(길 도, 道) 지키고 즐기며(즐거울 락/낙, 樂) 사는 것을 '청빈낙도'라고 해요.

활빈당
活(살 활)
貧(가난할 빈) 무리 당(黨)

활빈당은 가난한(가난할 빈, 貧) 사람들을 살게(살 활, 活) 해 주는 무리(무리 당, 黨)라는 뜻이에요. 조선 시대의 문신인 허균의 〈홍길동전〉에는 탐욕스런 부자의 재물을 빼앗아 가난한 사람들을 도와주는 활빈당이 등장해요.

빈민
貧(가난할 빈) 民(백성 민)

빈민은 가난한(가난할 빈, 貧) 백성(백성 민, 民)이라는 뜻이에요. 가난한 사람이 사는 집(집 가, 家)은 '빈민가', 가난한 사람들이 모여 사는 마을(마을 촌, 村)은 '빈민촌'이에요. 또 가난한 계층(층 층, 層)을 뜻할 때에는 '빈곤층'이라고 해요.

부유세
富(부자 부)
裕(넉넉할 유) 稅(세금 세)

부자(부자 부, 富)처럼 재산이 넉넉한(넉넉할 유, 裕) 사람들에게 받는 세금(세금 세, 稅)을 부유세라고 해요. 부유함이 일부 사람들에게 치우치는 것을 바로잡기 위해 실시하는 것으로, 독일이나 일부 북유럽 국가에서 시행하고 있어요.

부국강병
富(부자 부) 國(나라 국)
强(강할 강) 兵(군사 병)

부국강병은 나라(나라 국, 國)를 부유(부자 부, 富)하게 만들고 군대(군사 병, 兵)를 강하게(강할 강, 强) 한다는 뜻이에요. 부자인 나라나 강한 군대를 가리키는 말로도 쓸 수 있어요.

부자 / 부잣집
富(부자 부) 者(사람 자)

부자는 재물이 많아 생활이 넉넉한 사람을 말해요. 부자가 사는 집은 부잣집이고, 부자들이 사는 마을은 '부촌'이라고 해요. 또 부유하고 넉넉한(넉넉할 유, 裕) 계층은 '부유층'이라고 해요.

난 딸부자.

가난한 백성을 구하는 구빈 제도

〈홍길동전〉 이야기에서 힘겹게 살아가는 사람들을 보면, 조선 시대에는 가난한 백성을 구해 주는 제도가 없었을까라는 생각이 들 거예요. 조선 시대에도 가난한 백성을 구제하는 '구빈(구원할 구 救, 가난할 빈 貧) 제도'가 있었어요. 대표적인 구빈 제도로 환곡과 상평창, 혜민서가 있지요. 조선 시대의 구빈 제도에 대해 자세히 알아볼까요?

〈조선 시대의 구빈 제도〉

환곡
환곡은 '돌아올 환(還)' 자에 '곡식 곡(穀)' 자가 합쳐진 말로, 빌렸다 돌려주는 곡식이란 뜻이에요. 먹을거리가 부족한 봄철에 가난한 백성들이 나라의 곡식을 빌리고 가을 추수가 끝나면 빌린 곡식을 갚게 하는 제도예요.

상평창
상평창(항상 상 常, 평평할 평 平, 곳간 창 倉)은 늘 고르게 조절하는 창고란 뜻으로, 물가를 조절하는 기관이에요. 풍년에 곡식을 사들였다가, 흉년이 들면 싼값에 내다 팔아 물가를 안정시킨 제도였어요.

혜민서
혜민서(은혜 혜 惠, 백성 민 民, 관청 서 署)는 백성에게 은혜를 베푸는 관청이란 뜻으로, 빈민을 위한 의료 기관이에요. 혜민서에서는 가난한 백성들의 병을 무료로 치료해 주었어요.

낱말상식 톡

'보릿고개'란 말을 들어 본 적 있나요? 보릿고개는 지난해에 수확한 곡식이 거의 다 떨어지고 보리는 여물지 못한 5~6월 사이, 식량이 부족해 빈곤한 시기를 말해요. 이때에는 풀뿌리와 나무껍질로 끼니를 해결해야 했지요. 그래서 보릿고개는 가난한 사람들의 식량 사정이 가장 어려운 때를 일컫는 말이 되었어요.

1 뜻이 서로 상대되는 낱말끼리 묶여 있는 것은 무엇인가요? (   )

① 빈익빈 – 부익부

② 부유세 – 활빈당

③ 부촌 – 부국

④ 부국강병 – 부자

2 다음 공자의 말 가운데 밑줄 친 문장을 나타낸 것은 무엇인가요? (   )

① 구빈 제도   ② 활빈당   ③ 청빈낙도   ④ 부귀영화

3 속뜻짐작 밑줄 친 낱말의 뜻을 찾아 선으로 잇고, 이 낱말과 반대되는 낱말도 선으로 이어 보세요.

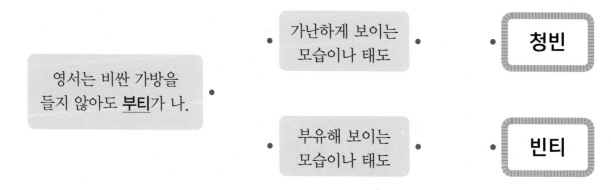

빈부는 가난함과 부유함, 가난한 사람과 부유한 사람을 아울러 일컫는 말이에요.
빈부에 해당하는 영어 단어는 무엇인지 알아볼까요?

poor ↔ rich

poor는 '가난한', '불쌍한',
rich는 '부유한',
'돈이 많은'이라는
뜻이에요.

I want to
be rich.
(나는 부자가
되고 싶어.)

We must not put
anyone down because
he or she is poor.
(우리는 어느 누구도 그 사람이
가난하다고 무시하면 안 된다.)

the poor ↔ the rich

poor나 rich 앞에 the를 붙
이면 '가난한 사람'과 '부자'
는 뜻이 되지요.

The rich get richer
and the poor get poorer.
(부자는 더 부자가 되고,
가난한 사람은 더 가난하게 된다.
= 부익부 빈익빈)

**3주 1일
학습 끝!**

붙임 딱지 붙여요.

the gap between rich and poor

가난한 사람과 부자들의 차이를 '빈부 격차'라고 해요. 영어로는 the gap between rich
and poor라고 하지요. 빈부 격차가 심해지면 여러 가지 사회 문제들이 생기고 가난한 사람
들의 생활이 힘들어져요. 빈부 격차가 해소되는 세상이 빨리 오기를 기대해 보아요.

There are
huge gaps between
rich and poor in China.
(중국의 빈부 격차는 엄청나다.)

The government is
trying to close the gap
between rich and poor.
(정부는 빈부 격차를 줄이기
위해 노력하고 있다.)

QR 찍고 발음 듣기

승(勝)과 패(敗) 비교하기

1 빈칸에 들어갈 낱말을 찾아 ○ 하세요.

우승 　　　　 역전승 　　　　 백전백패

2 빈칸에 들어갈 글자를 보기에서 찾아 써 보세요.

① ☐ 승 : 싸움이나 경기에서 마지막 승자를 결정함.

② 승 승 장 ☐ : 싸움에 이긴 기세를 타고 계속 몰아침.

③ ☐ 패 : 일을 잘못하여 뜻한 대로 되지 아니하거나 그르침.

④ 승 ☐ : 전쟁이나 경기에서 겨루어 이김.

보기 　 실 　 구 　 결 　 리

3 문장에 알맞은 낱말을 ( ) 안에서 골라 ○ 하세요.

① 제2차 세계 대전이 끝나고 전쟁에서 진 (승전국 / 패전국)은 연합군이 관리하였다.

② 야구 경기에서 이기는 데 큰 공을 세운 투수를 (승리 / 패배) 투수라고 한다.

③ 싸움이나 경기에서 진 (승자 / 패자)는 결과를 깨끗이 받아들일 줄 알아야 한다.

승자 vs 패자
勝(이길 승) 者(사람 자)
敗(패할 패)

승자는 싸움, 경기에서 이긴(이길 승, 勝) 사람(사람 자, 者)이나 이긴 팀을 뜻해요. 반대로 패한(패할 패, 敗) 사람(사람 자, 者)이나 패한 팀을 **패자**라고 해요.

승전국 vs 패전국
勝(이길 승) 戰(싸움 전)
國(나라 국) 敗(패할 패)

승전국은 전쟁(싸움 전, 戰)에서 이긴(이길 승, 勝) 나라(나라 국, 國)를 뜻해요. 비슷한말로 '전승국'이 있어요. 반대로 전쟁(싸움 전, 戰)에서 진(패할 패, 敗) 나라(나라 국, 國)는 **패전국**, 또는 '전패국'이라고 해요.

승승장구 vs 백전백패
乘(탈 승) 勝(이길 승) 長(긴 장)
驅(몰 구) 百(일백 백)
戰(싸움 전) 敗(패할 패)

스포츠 신문에 가끔 '～팀 3연승 승승장구'란 기사가 실릴 때가 있어요. 이전 경기에서 이긴 기세를 타고 세 번째 연속으로 승리했다는 뜻이지요. 이처럼 **승승장구**는 승리한 기세를 타고 계속 적을 몰아쳐 나가는 것을 뜻해요. 이와 반대로 **백전백패**는 백 번 싸워 백 번 진다는 뜻으로, 싸울 때마다 지는 거예요. 싸움을 잘 준비하면 백 번 싸워 백 번 이기는 '백전백승'을 할 수 있어요.

승리 vs 패배
勝(이길 승) 利(이로울 리/이)
敗(패할 패) 北(북녘 북/달아날 배)

운동 경기 등에서 겨루어 이기는 것을 **승리**라고 해요. 이겨서 일 등을 차지하는 것은 '우승', 우승에 다음가는 등수를 차지하는 것을 '준우승'이라고 해요. 지고 있다가 뒤바뀌어 이기는 것을 '역전승'이라 하고, 승부가 나지 않을 때 심판의 판정으로 이기는 것을 '판정승'이라 하지요. 반대로 겨루어서 지는 것을 **패배**라고 해요. 패배한 사람을 '패배자'라 하고, 자신감 없이 소극적이고 쉽게 포기하는 태도를 '패배주의'라고 해요.

결승
決(결단할 결) 勝(이길 승)

결승은 운동 경기 등에서 마지막 승자를 결정하는 거예요. 결승에 나갈 팀을 결정하려고 겨루는 경기는 '법도 준(準)' 자를 붙여 '준결승'이라고 해요.

실패
失(잃을 실) 敗(패할 패)

실패는 일이 뜻한 대로 되지 않거나 잘못해 원하는 결과를 얻지 못하고 일을 그르치는 것을 뜻해요. 이와 반대로 일이 잘 되어 목적하는 바를 이루는 것을 '성공'이라고 해요.

승리의 여신, 니케

'오늘 승리의 여신은 과연 누구 편일까요?'라는 말은 스포츠 경기를 중계하는 아나운서가 많이 쓰는 말이에요. 그런데 승리의 여신은 과연 누구일까요? 바로 그리스 신화에 나오는 니케예요. 니케는 날개를 단 그리스 신으로, 티탄 족 12남매 중 한 명인 팔라스와 저승의 여신인 스틱스 사이에서 태어났어요.

스틱스는 제우스가 형제들과 함께 티탄 족에 맞서 싸울 때, 니케를 전쟁에 데리고 나갔어요. 이때 니케는 제우스의 전차를 몰고 다니며 티탄 족을 물리쳐 승리를 거두었고, 이때부터 승리를 상징하는 여신이 되었지요. 니케는 보통 손에 야자수 잎이나 트로피를 들고 있는 모습을 하고 있어요. 로마에서는 니케를 빅토리아라고 불렀어요. 그래서 빅토리아는 오늘날까지 승리라는 뜻으로 사용되고 있어요. 이처럼 니케는 그리스와 로마 시대를 통해 전쟁이나 경기에서 승리의 상징으로 여겼으며 오늘날까지 그 의미가 이어지고 있어요.

'나이키'는 세계적으로 유명한 미국의 스포츠 용품 상표예요. 그런데 나이키가 니케에서 따온 상표라는 사실을 알고 있나요? 나이키 회사가 처음 설립될 때에는 블루 리본 스포츠라는 이름이었어요. 하지만 사업이 커지면서 날개를 단 승리의 여신 니케에게 영감을 받아 상표 이름으로 삼게 되었지요. 나이키의 로고도 니케의 날개를 보고 디자인한 것이라고 해요.

1 빈칸에 공통으로 들어갈 글자를 보기 에서 찾아 쓰세요.

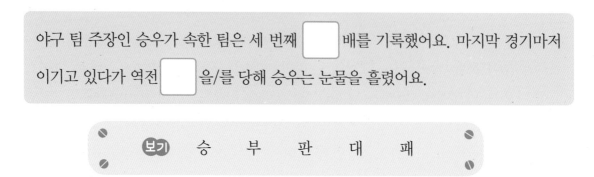

야구 팀 주장인 승우가 속한 팀은 세 번째 ☐배를 기록했어요. 마지막 경기마저 이기고 있다가 역전 ☐을/를 당해 승우는 눈물을 흘렸어요.

보기 승 부 판 대 패

2 다음 낱말 중 '이기다'라는 뜻을 지닌 낱말에는 ○를, '지다'라는 뜻을 지닌 낱말에는 △를 그려 주세요.

| 승전국 | 판정승 | 백전백패 | 패배 |

| 승자 | 패자 | 우승 | 패배자 |

3 속뜻짐작 빈칸에 들어갈 낱말을 순서대로 바르게 짝지은 것은 무엇인가요? (　　)

경기가 ㉮ (으)로 끝났습니다.

네, 두 팀 실력이 비슷하네요.

장군님, 우리가 ㉯을(를) 거두었습니다!

13척의 배로 왜군의 133척을 물리치다니, 대단하십니다.

① ㉮ 승전국, ㉯ 대패
② ㉮ 무승부, ㉯ 실패
③ ㉮ 무승부, ㉯ 대승
④ ㉮ 역전승, ㉯ 대승

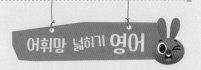

승패는 승리와 패배를 뜻하는 말이에요.
승리와 패배를 뜻하는 영어 단어는 무엇인지 알아볼까요?

win

win은 '이기다', '승리하다'라는 뜻으로, '얻다', '따다'라는 뜻도 있어요. '승자'는 winner예요. 야구에서 동점이나 역전을 허용하지 않고 팀을 승리로 이끈 '승리 투수'를 winning pitcher라고 하고, 올림픽에서 금메달을 획득했을 때에는 win a gold medal이라고 해요.

win a game

win the war

win a gold medal

3주 2일
학습 끝!

붙임 딱지 붙여요.

lose

lose는 '지다', '실패하다'라는 뜻으로, '잃다', '줄어들다'라는 뜻도 있어요. 경쟁에서 패한 '패자'나 전쟁에서 진 '패전국'을 loser라고 해요. '너는 패배자가 아니야!'라고 할 때에는 'You aren't a loser!'라고 말하면 돼요.

lose a game

lose a job

lose weight

QR 찍고 발음 듣기

동(東)서(西)고(古)금(今)이 들어간 말 비교하기

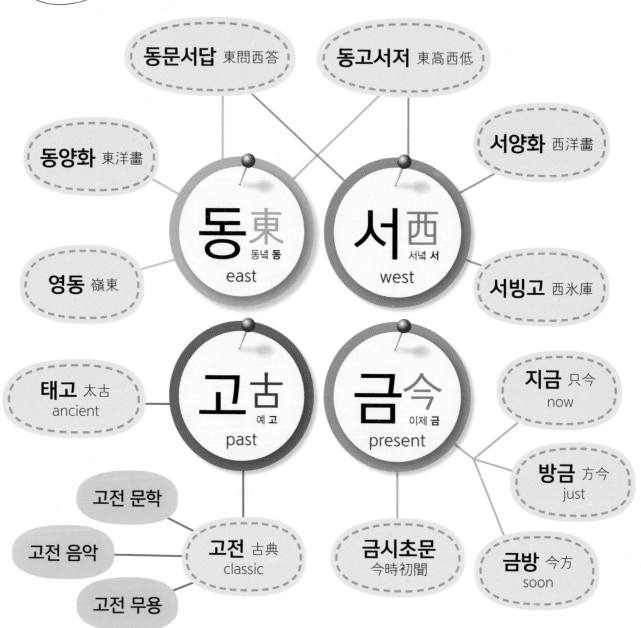

1 각 낱말의 글자 순서가 뒤죽박죽 섞여 있어요. 낱말의 뜻을 읽고, 글자의 순서를
바로잡아 빈칸에 써 보세요.

화양동
① 한국, 중국 등 동양에서
그려 온 방식의 그림

☐ ☐ ☐

고문전학
② 예로부터 전하여 내려오는
가치 있고 훌륭한 문학

☐ ☐ ☐ ☐

금지
③ 말하는 바로 이때

☐ ☐

시초문금
④ 지금에서야 처음 들음.

☐ ☐ ☐ ☐

빙서고
⑤ 조선 시대에 한양의 서쪽에
있던 얼음 창고

☐ ☐ ☐

전고
⑥ 오래전부터 많은 사람에게 알려
진 뛰어난 문학이나 예술 작품

☐ ☐

화서양
⑦ 유화, 수채화처럼 유럽 등
서양에서 발달한 기법으로 그린 그림

☐ ☐ ☐

서저고동
⑧ 기압이나 지형이 동쪽은 높고
서쪽은 낮은 상태

☐ ☐ ☐ ☐

동서답문
⑨ 물음과는 전혀 딴판으로 대답함.

☐ ☐ ☐ ☐

고태
⑩ 아주 먼 옛날

☐ ☐

동문서답

東(동녘 동) 問(물을 문)
西(서녘 서) 答(대답 답)

동문서답은 동쪽(동녘 동, 東)을 묻는데(물을 문, 問) 서쪽(서녘 서, 西)을 대답한다(대답 답, 答)는 뜻으로, 묻는 말에 전혀 상관없는 엉뚱한 대답을 한다는 말이에요. 질문을 이해하지 못했다기보다는 질문을 무시하는 상황에서 많이 쓰는 표현이에요.

동고서저

東(동녘 동) 高(높을 고)
西(서녘 서) 低(낮을 저)

동고서저는 동쪽은 높고(높을 고, 高) 서쪽은 낮다(낮을 저, 低)는 뜻이에요. 보통 기압이나 지형을 말할 때 써요. 우리나라는 동쪽이 높고 서쪽이 낮은 동고서저 지형이에요.

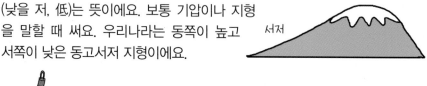

동양화 vs 서양화

東(동녘 동) 洋(큰 바다 양)
畵(그림 화) 西(서녘 서)

동양화는 중국과 한국 등 동양에서 발달한 그림이에요. 붓과 먹으로 종이나 비단에 그림을 그리지요. 반면 유럽 등에서 발달한 그림을 서양화라고 해요. 서양화에는 물감을 물에 풀어서 그린 수채화 등이 있어요.

태고 vs 지금

太(클 태) 古(예 고)
只(다만 지) 今(이제 금)

태고는 까마득하게 아주 먼 옛날을 뜻하는 말이에요. 그리고 말하는 바로 이때를 가리키는 말은 지금이지요. 지금과 비슷한 '방금'과 '금방'은 말하고 있는 그때보다 조금 전이나 조금 후라는 뜻으로 쓰여요.

영동

嶺(고개 령/영) 東(동녘 동)

영동은 고개(고개 령/영, 嶺)의 동쪽(동녘 동, 東)이란 뜻으로, 여기서 고개는 대관령을 말해요. 따라서 대관령 동쪽에 있는 땅은 '영동'이라 하고, 서쪽에 있는 땅은 '영서'라고 해요.

고전

古(예 고) 典(법 전)

고전은 옛날부터 오늘날까지 많은 사람에게 널리 알려지고 모범이 되는 예술 작품으로, '고전 문학'은 옛 시대에 쓰인 훌륭한 문학 작품을 말해요. '고전 음악'은 교향곡, 협주곡처럼 옛날 서양에서 만들어진 음악이고, '고전 무용'은 예로부터 전해지는 민족 고유의 무용이에요.

서빙고

西(서녘 서) 氷(얼음 빙) 庫(곳간 고)

얼음(얼음 빙, 氷)을 넣어 두는 창고(곳간 고, 庫)를 '빙고'라고 해요. 조선 시대에 사용한 서울에 있는 빙고 가운데 서쪽에 있는 빙고는 서빙고, 동쪽에 있는 빙고는 '동빙고'라고 불렀어요.

금시초문

今(이제 금) 時(때 시)
初(처음 초) 聞(들을 문)

금시초문은 한자 뜻 그대로 지금(이제 금, 今) 이때(때 시, 時)에 처음(처음 초, 初) 들었다(들을 문, 聞)는 뜻이에요. '그 사람이 이민 간다는 말은 금시초문이야.'처럼 쓸 수 있어요.

조선의 냉장고, 석빙고

뜨거운 여름이면 많이 먹는 것 중 하나가 얼음이에요. 냉장고에서 차가운 얼음을 꺼내 먹으면 가슴 속까지 시원해져요. 그런데 옛날에도 얼음을 먹었을까요? 옛 문헌에 따르면 우리 조상들은 신라 시대부터 얼음을 저장해 사용했다고 해요. 그리고 조선 시대에는 석빙고가 있었어요. 석빙고는 '돌(돌 석, 石)로 만든 얼음(얼음 빙, 氷) 창고(곳간 고, 庫)'란 뜻이에요. 지금으로 치면 대형 냉장고라고 할 수 있지요.

석빙고는 경주, 창녕, 안동 등 여러 지역에 있었는데, 서울에는 동빙고와 서빙고가 있었어요. 한겨울에 한강에서 얼음을 떠내 이곳에 보관했지요. 지금의 용산구 서빙고동과 동빙고동은 조선 시대 얼음을 저장하는 서빙고와 동빙고가 있었다고 해서 붙여진 이름이에요. 석빙고를 좀 더 자세히 들여다볼까요?

〈석빙고의 구조〉

1 다음 문장을 읽고, 설명이 맞으면 빈칸에 ○ 하세요.

① '동양화'는 동양에서 발달한 그림이에요.	
② '서양화'는 붓과 먹을 이용해서 그려요.	
③ '태고'는 말하고 있는 그때보다 조금 뒤를 뜻해요.	
④ '지금'은 말하고 있는 바로 이때를 뜻해요.	

2 아이들이 하는 이야기를 읽고, 빈칸에 들어갈 낱말을 찾아 ○ 하세요.

조선 시대 한양에는 얼음 창고인 ☐☐☐이/가 있었는데, 그중 하나가 이곳에 있어서 붙여진 이름이야.

역 앞에 있는 가게에서 아이스크림 사 먹자. 그런데 이름이 왜 서빙고역일까?

석빙고 　　　동문서답 　　　동고서저 　　　금시초문

3 속뜻짐작 판소리에 대한 설명을 읽고, 알맞은 판소리를 찾아 선으로 이어 주세요.

서편제 ・　　　　　・ 전라도 서쪽 지역에서 발달한 애절한 판소리

동편제 ・　　　　　・ 전라도 동쪽 지역에서 발달한 웅장한 판소리

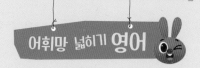
동서고금에 해당하는 영어는 무엇이 있을까요?
현재, 과거, 미래, 고대, 중세, 현대와 같이 시간을 나타내는 말을 영어로 알아보아요.

the past, the present, the future

어제, 작년 등 이전의 시간은 '과거'라고 하지요. 영어로는 the past라고 해요. 지금을 나타내는 '현재'는 영어로 the present예요. 내일, 다음 주 등 아직 다가오지 않은 시간은 '미래'라고 하는데, 영어로는 the future예요.

We have to live in the present not the past.
(우리는 과거에 살면 안 되고 현재에 살아야 해.)

A bright future is waiting for us.
(밝은 미래가 우리를 기다리고 있어.)

3주 3일
학습 끝!

붙임 딱지 붙여요.

ancient times, Middle Ages, modern times

그리스, 로마 시대처럼 먼 옛날을 '고대 시대'라고 하지요. 영어로는 ancient times라고 해요. 우리나라의 고대 시대는 고조선과 삼국 시대 무렵이에요. 고대 시대 이후인 중세 시대는 5세기에서 15세기까지의 시기를 말해요. '중세 시대'는 Middle Ages라고 해요. 중세 이후를 '근현대'라고 하고, 영어로는 '근대의', '현대의'라는 뜻의 modern을 써서 modern times라고 해요.

Aesop was an ancient Greek fable writer.
(이솝은 고대 그리스의 우화 작가이다.)

Pepper was very expensive in the Middle Ages.
(후추는 중세 시대에 매우 비쌌다.)

Life without cell phone is impossible in modern times.
(현대 사회에서 휴대 전화 없는 삶은 불가능하다.)

QR 찍고 발음 듣기

신분(身分) 관련 말 찾기

1 경주에 사는 사람들이 이야기를 나누고 있어요. 빈칸에 들어갈 낱말을 찾아 ○ 하세요.

옛날 신라 시대에는 여자가 왕이 된 적도 있다며?

그 당시에는 남자인지 여자인지보다 뼈가 몇 등급인지가 중요했다네그려. 육두품보단 진골이고, 진골보다는 성골이 높았지. [   ]를 얼마나 엄격히 지켰는데.

사내 중에는 성골인 사람이 하나도 없어서 여자가 왕이 되었다던데?

먹고사는 건 똑같은데, 뼈가 몇 등급인지가 뭐 그리 중요하다고, 쯧쯧.

| 골품제 | 봉건 제도 | 카스트 제도 |

2 설명에 알맞은 낱말의 글자를 〈보기〉에서 찾아 빈칸에 써 보세요.

① 같은 핏줄의 계통이란 뜻으로, 같은 조상의 핏줄을 이어받은 자손들을 말해요.

〈보기〉 순 혈 품 신 통 양

② 가문이나 신분이 좋아 여러 특권을 가진 계층의 사람들을 말해요.

〈보기〉 귀 혈 족 신 진 선

③ 양반과 상민 사이에 있는 중간 신분의 사람들이란 뜻이에요.

〈보기〉 봉 제 중 건 인 순

신분은 사람의 몸(몸 신, 身)을 나누었다는(나눌 분, 分) 말로, 예전에는 출신 지역이나 가문으로 사람을 구분한 신분 제도가 있었어요. 그래서 신분에 따라 특권을 가지기도 했어요. 신분에 대해 알아보고 관련된 낱말도 살펴보아요.

혈통
血(피 혈) 統(거느릴 통)

우린 같은 핏줄!

혈통은 같은 핏줄(피 혈, 血)을 타고난 계통(거느릴 통, 統)으로 같은 조상의 핏줄을 이어받은 자손들을 가리켜요. 옛날에는 혈통에 따라 지위와 신분이 결정되는 신분제 사회였어요. 그래서 왕족은 자신들의 높은 지위를 대대로 물려주기 위해 신분제를 유지하려고 애썼지요. 하지만 혈통 없는 집안에서 태어난 사람들은 신분제를 넘을 수 없었기에 불만이 많았어요. 이후 사람을 차별하는 혈통 중심의 신분 제도는 사회가 변화하면서 사라지게 되었어요.

귀족 / 평민
貴(귀할 귀) 族(겨레 족)
平(평평할 평) 民(백성 민)

귀족은 귀한(귀할 귀, 貴) 사람들(겨레 족, 族)이란 뜻으로, 신분 제도가 있던 시대에 가문이나 신분이 좋아 사회적으로 특권을 누린 계층의 사람이에요. 반면 어떤 지위도 없는 평범한(평평할 평, 平) 백성(백성 민, 民)은 **평민**이에요. 평민은 귀족의 지배를 받았지만 재산을 가지고 벼슬에도 나갈 수 있었어요. 하지만 공부할 시간이 없어 벼슬을 하기는 어려웠어요.

골품제
骨(뼈 골) 品(물건 품)
制(마를/법도 제)

골품제는 신라 때 혈통에 따라 나눈 신분 제도예요. 왕족을 대상으로 한 골제(뼈 골 骨, 마를/법도 제 制)와 다른 사람을 대상으로 한 두품제(머리 두 頭, 물건 품 品, 마를/법도 제 制)로 구분되며 모두 여덟 계급이에요. 골제에서 첫째 등급은 부모가 모두 왕족인 '성골'이고, 두 번째 등급은 부모 중 한쪽이 왕족인 '진골'이에요. 두품제에서는 '육두품'에서 '사두품'까지 귀족이고, '삼두품'에서 '일두품'은 평민이에요.

성골 / 진골 / 육두품 / 오두품 / 사두품 / 삼~일두품

|← 왕족 →| |← 귀족 →|← 평민 →|

양반 / 중인
兩(두 량/양) 班(나눌 반)
中(가운데 중) 人(사람 인)

조선 시대 신분은 크게 양반, 중인, 상민, 천민으로 구분되었어요. 제일 높은 **양반**은 문반과 무반 두(두 량/양, 兩) 개로 나눈(나눌 반, 班) 것을 합쳐 이르는 말이에요. 의관이나 역관처럼 양반과 상민 사이에 있는 중간(가운데 중, 中)의 사람(사람 인, 人)은 **중인**이지요. 농사를 지으며 나라에 세금을 내는 평범한(항상 상, 常) 백성(백성 민, 民)은 '상민', 신분이 가장 낮은 천한(천할 천, 賤) 백성은 '천민'이라고 했어요. 노비나 광대, 무당 등이 천민 취급을 받았어요.

봉건 제도
封(봉할 봉) 建(세울 건)
制(마를/법도 제) 度(법도 도)

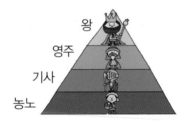

중세 유럽에서는 왕이 신하들에게 땅을 주고 영주로 봉하여(봉할 봉, 封) 나라를 세우게(세울 건, 建) 했어요. 그 나라를 영주가 다스리는 제도를 **봉건 제도**라고 해요. 영주는 왕에게 땅을 받은 대가로 왕에게 충성을 맹세했어요. 또 기사는 영주에게 받은 땅을 대가로 충성을 맹세했어요. 땅이 없는 농노는 영주의 땅에서 농사를 지으며 세금을 냈어요. 이처럼 봉건 제도는 왕이 영주를, 영주는 기사를, 기사는 농노를 지배하는 피라미드 형태예요.

카스트 제도

카스트 제도는 직업에 따라 사람을 구별한 인도의 신분 제도예요. 브라만, 크샤트리아, 바이샤, 수드라로 구성되어 있으며 이 네 가지 직업에 속하지 못한 사람은 닿는(닿을 촉, 觸) 것이 옳지(옳을 가, 可) 않을(아니 불/부, 不) 만큼 천한(천할 천, 賤) 백성(백성 민, 民)이라 하여 '불가촉천민'이라고 했어요.

브라만 — 제사 등 종교적인 행사를 이끄는 종교인이에요.

크샤트리아 — 정치와 군사 일을 담당해요.

바이샤 — 농사, 장사를 하며 세금을 내는 평민이에요.

수드라 — 청소부, 하인 등 힘든 일을 하는 노예 신분이에요.

불가촉천민 — 가장 낮은 신분의 천민이에요.

1 낱말의 뜻풀이를 읽고, 설명이 맞으면 네모 칸에 있는 글자에 ○ 하고, 아래 빈칸에 차례대로 글자를 써 보세요.

| 혈통은 조상의 핏줄을 이어받은 자손들을 일컫는 말이에요. | 혈 | 혈통은 뼈에도 등급이 있다는 뜻이에요. | 노 |

| 평민은 귀한 핏줄을 가진 사람이에요. | 제 | 평민은 아무런 지위가 없는 평범한 백성이에요. | 통 |

신분 제도는 태어날 때의 [ ] [ ] 와/과 가문에 따라 계급을 나누는 제도이다.

2 다음 빈칸에 들어갈 낱말을 바르게 짝지은 것은 무엇일까요? ( )

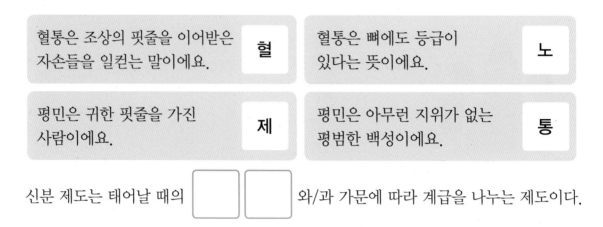

어흠, 나는 조선의 ㉮ 이야. 문반과 무반, 두 개로 이루어져 있어서 ㉮ 이라고 하지.

우리는 조선에 많고 많은 ㉯ 이야. 사는 모습도 항상 비슷하고, 평범한 백성이라서 ㉯ 이라고 불리지.

① ㉮ 양반, ㉯ 상민
② ㉮ 중인, ㉯ 양반
③ ㉮ 상민, ㉯ 천민
④ ㉮ 천민, ㉯ 상민

3 다음 글을 읽고, 빈칸에 알맞은 낱말을 보기에서 찾아 써 보세요.

왕에게 땅을 받은 영주는 그 땅에서 농민을 살게 하며 농사를 짓게 했어요. 농민은 농사를 지으며 많은 세금을 영주에게 바쳐야 했어요. 이때의 농민은 '농사짓는 종'과 같다 해서 [ ] (이)라고 했어요.

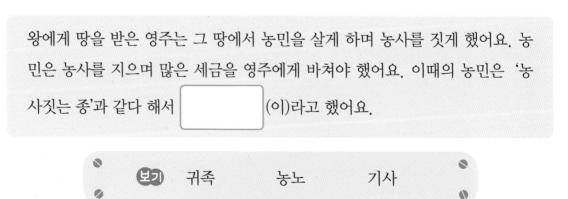

보기 귀족   농노   기사

봉건 시대에는 왕이 귀족에게, 귀족은 기사에게 땅을 주며 충성을 맹세받았어요.
왕, 귀족, 기사, 평민에 해당하는 영어 단어를 살펴볼까요?

king

king은 '왕', '국왕'을 의미해요. 우리 나라에서는 비슷한말로 '임금'이라는 단어가 있지요. king은 '으뜸이 되는 사람'을 말하기도 해요. '왕의 부인'은 queen이라고 하지요.

noble

noble은 '귀족'이에요. 옛날 서양에서는 귀족을 공작, 후작, 백작 등으로 불렀어요. '귀족 집안'은 noble family, '귀공자'는 young noble이라고 해요.

3주 4일
학습 끝!

붙임 딱지 붙여요.

knight

knight는 유럽 중세 시대 때 말을 타고 싸우는 '기사', 또는 '보호하는 사람'이란 뜻이에요. '흑기사'는 black knight, '원탁의 기사'는 Knights of the Round Table이라고 해요.

commoner

commoner는 '평민', '서민'이란 뜻이에요. 왕족, 귀족이 아닌 평범하게 사는 사람을 의미하지요. '나는 평민으로 태어났다.'라고 말할 때는 'I was a commoner by birth.'라고 하면 돼요.

QR 찍고 발음 듣기

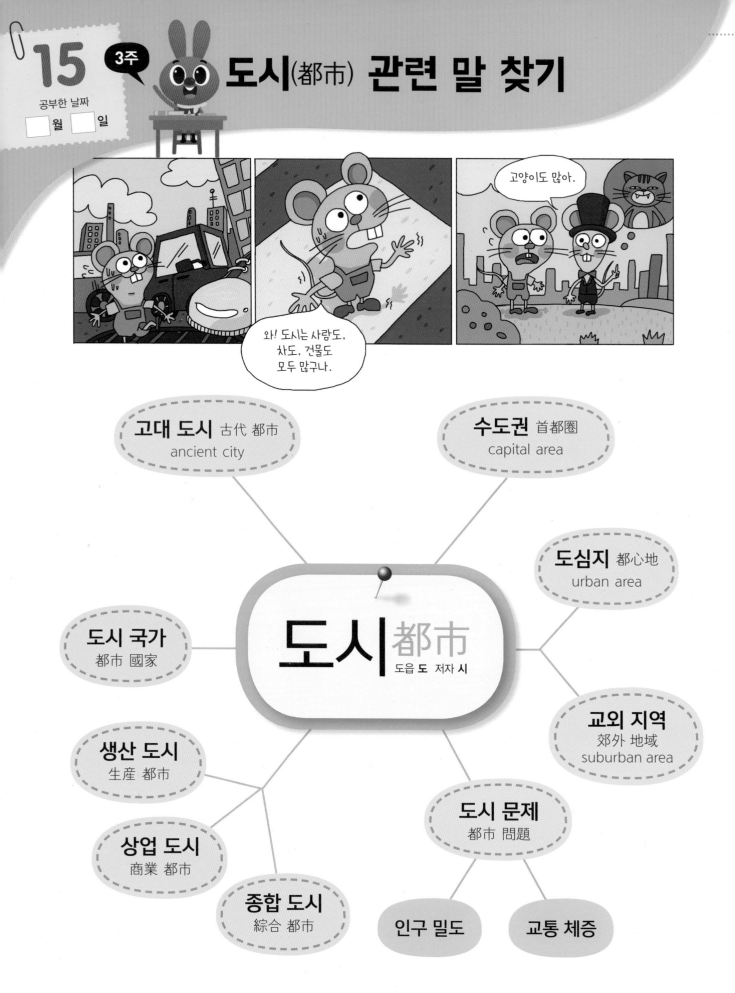

1 설명에 알맞은 낱말의 글자를 보기 에서 찾아 빈칸에 써 보세요.

① 옛 시대에 상업, 문화, 교통 등이 발달했던 도시를 뜻해요.

보기 현 고 시 강 역 지

	대	도	

② 한 나라의 중앙 정부가 있는 수도와 수도 근처에 있는 지역을 말해요.

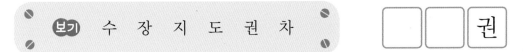

보기 수 장 지 도 권 차

		권

③ 도시에 너무 많은 사람들이 몰려 살면서 발생하는 문제예요.

보기 영 장 도 권 차 문

	시		제

2 다음 설명에 알맞은 낱말을 낱말 상자에서 찾아 ○ 하세요.

교	통	체	증	선	청
정	생	산	도	시	설
영	시	정	별	조	도
도	시	국	가	나	심
수	정	호	주	소	지

예 오가는 차가 많아져 길이 막히고 주차할 곳도 부족한 상태

① 사람들에게 필요한 물건을 만들어 내는 공장이 많은 도시

② 고대 그리스처럼 도시가 정치적으로 독립해 이룬 작은 국가

③ 도시에서 중심이 되는 지역

도시는 사람들이 많이 모여 살고 정치, 사회 등의 중심이 되는 곳을 말해요. 또 대중교통이 발달해 있으며 생활 편의 시설도 잘 갖춰져 있어 주변 지역의 중심지 역할을 하지요. 도시에 대해 알아보고 관련된 낱말도 함께 살펴보아요.

고대 도시
古(예 고) 代(대신할 대)
都(도읍 도) 市(저자 시)

아테네

고대 도시는 옛(예 고, 古) 시대(대신할 대, 代)에 문화, 상업, 교통, 군사 등이 발달했던 도시로 아테네가 대표적이에요. 최초의 도시는 '우르'로 오늘날 이라크 지방에 살던 수메르인이 세웠지요. 이후 인더스강 근처에 '모헨조다로', 나일강 근처에 '멤피스' 같은 고대 도시가 생겨났어요. 우리나라는 신라의 수도인 '금성(오늘날의 경주)'이 대표적인 고대 도시예요. 보통 고대 도시는 큰 강을 끼고 있어서 농업과 무역에 유리했답니다.

수도권
首(머리 수) 都(도읍 도)
圈(둘레 권)

수도권

수도는 도시(도읍 도, 都)들의 머리(머리 수, 首)로 가장 으뜸이 되는 도시예요. 그래서 수도에는 한 나라의 중앙 정부가 있지요. 우리나라 수도는 서울이고, 서울을 포함한 그 둘레(둘레 권, 圈) 지역을 수도권이라 해요. 인천, 수원, 과천, 안산 등 경기도가 수도권에 속하지요. 수도권은 우리나라 정치, 경제, 문화의 중심지이며 교통이 편리하기 때문에 많은 사람들이 살고 있어요. 수도권에 집중된 사람들을 분산시키고 전국의 균형 있는 발전을 위해 지방에도 많은 투자를 하고 있답니다.

도심지 / 교외 지역
都(도읍 도) 心(마음 심)
地(땅 지) 郊(들 교)
外(바깥 외) 域(지경 역)

서울의 명동이나 종로처럼 도시(도읍 도, 都)의 중심(마음 심, 心)이 되는 지역(땅 지, 地)을 도심지라고 해요. 이곳에는 관공서, 은행 등의 사무실이 많아요. 영등포, 청량리처럼 도심의 기능을 일부 대신하는 지역은 '부도심'이라고 해요. 반면 도시 바깥(바깥 외, 外)에 시가지가 아니라 들(들 교, 郊)과 논밭이 있는 지역을 교외 지역이라고 해요.

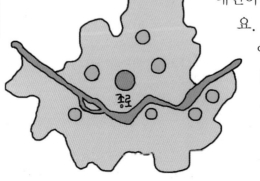
종로

도시 문제

都(도읍 도) 市(저자 시)
問(물을 문) 題(제목 제)

교통 체증

사람이 사는 곳에는 해결해야 할 문제가 발생하고 있어요. 특히 도시에 생기는 문제를 **도시 문제**라고 해요. 왜 도시 문제가 생기고, 도시 문제에는 어떤 것들이 있을까요? 우선 도시라는 제한된 공간 안에 많은 사람들이 밀집해 있어요. 이를 '인구 밀도가 높다.'라고 하는데 '인구 밀도'는 가로세로 1킬로미터가 되는 면적에 있는 인구 수예요. 많은 인구가 이동하기 위해 차를 타면 자연스레 도로에는 '교통 체증'이라는 문제가 생겨요. 그리고 사람들이 생활에 사용한 물이 강으로 흘러가면서 환경 오염도 생기지요. 그 외 주택 부족이나 범죄 등도 모두 도시 문제예요.

생산 도시/ 상업 도시

生(날 생) 産(낳을 산)
都(도읍 도) 市(저자 시)
商(장사 상) 業(일 업)

도시는 산업에 종사하는 인구에 따라 생산 도시, 상업 도시, 종합 도시로 나눌 수 있어요. **생산 도시**는 사람들이 필요로 하는 물건을 만들어 내는 공장이 많은 도시이며 울산, 포항, 구미 등이 생산 도시예요. **상업 도시**는 물건을 사고파는 산업이 발달한 도시로 부산이 대표적인 상업 도시예요. '종합 도시'는 행정, 상업, 공업이 동시에 발달한 도시로, 서울, 대구, 광주 등이 이에 속하지요.

생산 도시, 구미

상업 도시, 부산

종합 도시, 서울

도시 국가

都(도읍 도) 市(저자 시)
國(나라 국) 家(집 가)

도시 자체가 정치적으로 독립해 이루어진 작은 국가를 **도시 국가**라고 해요. 고대 그리스의 아테네, 스파르타 등이 유명한 도시 국가예요. 이후 이들은 큰 나라로 합쳐지거나 사라지게 되었지요. 오늘날 남아 있는 도시 국가로는 모나코, 싱가포르, 이탈리아 로마에 있는 바티칸 시국 등이 있어요.

모나코

싱가포르

바티칸 시국

1 다음 빈칸에 들어갈 낱말은 무엇일까요? (   )

> 오랜 옛날 문화, 상업, 교통, 군사 등이 발달했던 도시로,
> 모헨조다로, 우르, 로마, 금성(오늘날의 경주)이 대표적인 ☐☐☐☐ 도시예요.

① 수도권   ② 고대   ③ 중심지   ④ 특별시

2 선생님이 설명하는 낱말의 글자를 글 상자에서 찾아 ○ 하세요.

이것을 한자 뜻 그대로 풀면
'도시의 중심이 되는 땅'이란
뜻이에요. 명동이나 종로가
바로 그러한 지역이지요.
이곳에는 관공서를 비롯해
은행, 회사 등 사무실이
많이 모여 있어요.

수	도	호	심	소	지

3 속뜻짐작 낱말 뜻을 바르게 설명한 사람을 선으로 이어 주세요.

대도시

대도시는 큰 도시란 뜻으로,
인구가 보통 100만 명 이상인
곳을 대도시라고 해.

대도시는 작은 크기의
도시란 뜻으로, 인구 밀도가
높지 않은 도시를 말해.

도시에는 시청과, 시를 맡아 다스리는 시장, 그리고 그 시에 사는 시민이 있어요.
도시와 관련된 낱말을 영어로 알아보아요.

city hall

city hall은 '시청'을 뜻해요. town hall이라고도 하지요. '서울 광장은 서울 시청 앞에 있습니다.'를 영어로는 'Seoul Plaza is in front of Seoul City Hall.'이라고 해요.

mayor

mayor는 '시장', '군수'를 뜻해요. '서울 시장'은 mayor of Seoul, '뉴욕 시장'은 mayor of New York이에요.

3주 5일
학습 끝!

붙임 딱지 붙여요.

citizen

citizen은 '시민권이 있는 사람'이란 뜻이에요. 한 나라의 '국민', 또는 '주민'이란 뜻도 있어요. '대한민국 국민'은 Korean citizen, '미국 국민'은 American citizen이라고 해요.

city tour

city tour는 '도시 관광'이란 뜻으로, 관광 버스를 타고 도시의 주요 관광지와 쇼핑지 등에 돌아다니는 걸 말해요. 'You can tour the city by riding a Seoul city tour bus.'는 '서울 도시 관광 버스를 타고 시내를 둘러볼 수 있어요.'라는 뜻이에요.

QR 찍고 발음 듣기

재물과 행복을 누리는 '부귀영화'

우리 집에 놀러 가자.
내가 맛있는 것 줄게.

네가 원하면
게임기도 빌려줄게.

응? 가자

아니야, 난 괜찮아.

좋아, 그럼 다음번
회장 선거 때 널 추천할게.

불끈

아냐, 난 아무래도
그냥 집에 가는 게 좋겠어.

미안

내가 무슨
부귀영화를 누린다고
너희 집에 놀러 가니?

잉? 부귀…뭐

부귀영화란?

휙

재산이 많고 지위가 높아
호화롭게 산다는 거야.

부귀영화(부자 부 富, 귀할 귀 貴, 영화 영 榮, 빛날 화 華):
재산이 많고 지위가 높아 영광스럽고 화려하게 사는 생활을 말해요.

토잉이와 함께
끝까지 해 보자고!

PART 3

PART3에서는 소리나 뜻이 비슷해서
헷갈리기 쉬운 낱말들을 비교하며 배워요.

신(新), 신(信), 신(身) 비교하기

최신 最新
recent

신임 新任
newly-appointed

신임 信任
trust

신앙 信仰
faith

신생아 新生兒

신세대 新世代
new generation

통신 通信
communication

新
새로울 신

信
믿을 신

신

身
몸 신

발신

수신

신인 新人

장신구 裝身具
accessory

자신 自信
confidence

전신 全身
whole body

자신 自身
oneself

1 밑줄 친 낱말에 알맞은 설명을 선으로 이어 주세요.

'너 **자신**을 알라.'라고 말한 사람이 누군지 알아?	바로 나. 또는 자기
	어떤 일을 해낼 수 있다고 스스로 굳게 믿음.
	몸 전체
수영은 **전신** 운동이야.	글자를 숫자나 전기 신호로 바꿔 전달하는 것
	새로운 사람을 뽑음.
선생님의 **신임**을 얻기 위해 노력한 적 없어.	일을 믿고 맡김.

2 다음 설명에 알맞은 낱말을 골라 ○ 하세요.

①	신이나 종교를 믿고 받들어 따르는 것	신임	신앙
②	몸치장하는 데 쓰는 물건	장신구	전신
③ 	가장 새로움	최신	신인
④	태어난 지 얼마 안 된 갓난아이	신세대	신생아
⑤	우편, 전화, 전신 등으로 정보를 전하는 것	자신	통신

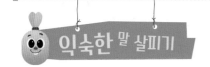

신임 vs 신임
新(새로울 신) 任(맡길 임)
信(믿을 신)

신임은 새로운(새로울 신, 新) 사람을 뽑아 일을 맡긴다(맡길 임, 任)는 뜻이에요. 소리가 같은 낱말로 일을 믿고(믿을 신, 信) 맡긴다는 **신임**도 있어요.

자신 vs 자신
自(스스로 자) 身(몸 신) 信(믿을 신)

'스스로 자(自)' 자에 '몸 신(身)' 자가 붙은 **자신**은 '나 자신'처럼 바로 나, 자기를 가리키는 말이에요. '믿을 신(信)' 자가 붙은 **자신**은 어떤 일을 해낼 수 있다고 굳게 믿는 것을 뜻해요.

최신
最(가장 최) 新(새로울 신)

가장(가장 최, 最) 새로운(새로울 신, 新) 것을 **최신**이라고 해요. 여기에 '틀/본보기 형(型)' 자를 붙이면 가장 새로운 모양이란 뜻의 '최신형'이 되지요.

신생아 / 신세대
新(새로울 신) 生(날 생) 兒(아이 아)
世(세상 세) 代(대신할 대)

신생아는 새로(새로울 신, 新) 태어난(날 생, 生) 갓난아이(아이 아, 兒)라는 뜻이에요. 그리고 같은 시대에 사는 비슷한 연령층의 사람들을 세대(세상 세 世, 대신할 대 代)라고 하는데, 새롭게(새로울 신, 新) 등장한 세대는 **신세대**예요. 어떤 분야에 새롭게 등장한 사람은 '신인'이라고 해요.

신앙
信(믿을 신) 仰(우러를 앙)

믿고(믿을 신, 信) 우러러보는(우러를 앙, 仰) 것을 **신앙**이라고 해요. 특히 종교에서 초자연적인 절대자나 창조자를 믿고 받들며 공경하는 것을 가리킬 때 써요.

통신
通(통할 통) 信(믿을 신)

편지, 전화 등으로 정보를 주고받는 것을 **통신**이라고 해요. 이때 정보를 보내는 것을 '발신', 반대로 정보를 받는 것은 '수신'이라고 해요.

장신구
裝(꾸밀 장) 身(몸 신) 具(갖출 구)

몸(몸 신, 身)을 꾸밀(꾸밀 장, 裝) 때 갖추는(갖출 구, 具) 물건을 **장신구**라고 해요. 반지, 목걸이, 귀걸이, 팔찌 등이 모두 몸치장을 하는 데 사용하는 장신구예요.

전신
全(온전할 전) 身(몸 신)

전신은 몸(몸 신, 身) 전체(온전할 전, 全)를 가리키는 말이에요. 고유어로 '온몸'이라고 해요. 소리가 같은 말로 글자나 숫자를 전기(번개 전, 電) 신호로 바꿔 전파나 전류로 소식을 보내는 것을 '전신'이라고 해요. 이때 사용한 '믿을 신(信)' 자에는 '소식을 보내다'는 뜻이 있지요.

생활 속에 뿌리내린 민속 신앙

겨울이 지나 봄을 알리는 입춘 즈음에 길을 가다 보면 몇몇 대문에 '입춘대길'이란 글자가 붙어 있어요. 입춘대길을 붙여 놓으면 집안에 좋은 운이 가득 들어올 거라고 믿기 때문이지요. 이처럼 예로부터 사람들 사이에 전해져 내려오는 신앙을 '민속 신앙(백성 민 民, 풍속 속 俗, 믿을 신 信, 우러를 앙 仰)'이라고 해요.

지금도 바닷가에서는 풍년과 안전을 기원하며 바다에 제사를 지내고, 마을을 지키는 나무에 소원을 빌어요. 지금도 남아 있는 민속 신앙의 흔적들을 한번 둘러볼까요?

〈마을을 지켜 주는 수호신〉

장승 마을 어귀에 서 있는 장승은 마을을 지켜 주는 수호신이자, 마을과 마을 사이를 나누는 표시이기도 해요. 남자 장승은 천하대장군, 여자 장승은 지하여장군이라고 했어요.

솟대 솟대도 장승처럼 마을의 수호신 역할을 했어요. 긴 장대 끝에는 농사에 필요한 물을 내려 주고 홍수를 막아 달라는 의미로 오리 같은 새 모양을 조각해 달아 놓았어요.

서낭당 마을을 지켜 주는 신을 '서낭이'라고 하고, 서낭을 모셔 놓은 집을 '서낭당' 또는 '성황당'이라고 해요. 보통 신성시되는 나무 옆에 돌무더기를 쌓아 놓았어요.

당산목 당산목은 마을의 수호신이 깃들어 있다고 믿는 나무를 말해요. 마을 사람들은 정월 보름에 이곳에서 마을의 제사를 지내기도 했어요.

1 밑줄 친 낱말의 '신' 자가 '믿다'라는 뜻으로 쓰인 것에는 ○, '몸'의 뜻으로 쓰인 것에는 □, '새롭다'라는 뜻으로 쓰인 것에는 △를 그려 주세요.

시험을 잘 봐서 엄마의 **신임**을 얻어야 해.

몸을 다 비출 수 있는 **전신** 거울이 필요해.

최신 휴대 전화 어디서 샀어?

장신구를 하고 물속에 들어가면 안 된대.

무속 **신앙**에 대해 조사해야 해.

그 **신인** 가수 노래 정말 좋더라.

2 밑줄 친 낱말의 뜻을 찾아 선으로 이어 주세요.

난 나 **자신**을 믿어. •

• 태어난 지 얼마 안 된 갓난아이

신세대도 시간이 지나면 구세대가 돼. •

• 앞에서 말한 사람, 바로 자기

생후 2개월 된 **신생아**래. •

• 새로운 세대

3 속뜻 짐작 빈칸에 알맞은 낱말을 보기 에서 찾아 쓰세요.

'몸'이란 뜻의 한자가 들어가겠지?

□□ 기록 카드는 개인의 몸이나 환경 등에 관한 내용을 상세히 기록한 문서로, 아무나 볼 수 없는 정보예요.

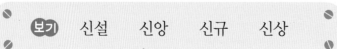

보기   신설   신앙   신규   신상

116

컴퓨터, 휴대 전화 등 새로운 통신 기기가 나오면서 관련 낱말도 새로 생기고 있어요. 정보 통신과 관련된 낱말에는 무엇이 있는지 알아보아요.

AI

AI는 Artificial Intelligence의 앞 글자를 딴 말로, '인공 지능'이란 뜻이에요. 사람이 만들었다는 의미인 '인공의'란 뜻을 가진 artificial과 '지능'이란 뜻의 intelligence가 합쳐져 생긴 말이에요. 우리의 삶에 인공 지능이 완전히 도입되면 일상생활이 좀 더 편리해질 거예요.

VR

VR은 Virtual Reality라는 말의 약자로, '가상 현실'을 말해요. virtual은 '가상의'라는 뜻이고, reality는 '현실'이라는 뜻이지요. 앞으로 기술이 더 발전하면 가상 현실 프로그램으로 여러 가지 체험 활동도 실감 나게 하게 될 거예요.

4주 1일
학습 끝!

붙임 딱지 붙여요.

early adopter

세토어 패드 출시!

우리 주변에는 종종 휴대 전화나 컴퓨터 등을 최신 기종으로만 골라 쓰는 사람들을 볼 수 있어요. 이렇게 남들보다 빨리 새 제품을 사용해 보는 사람을 얼리어답터(early adopter)라고 해요. early adopter는 '빠른', '일찍'이란 뜻의 early와 '여럿 중 뽑아 쓰는 사람'을 뜻하는 adopter가 합쳐진 말로, 최신형 제품을 남들보다 빨리 사서 사용해 보는 사람들을 말해요.

QR 찍고 발음 듣기

고(古), 고(告), 고(考) 비교하기

1 설명에 알맞은 낱말의 글자를 보기 에서 찾아 빈칸에 쓰세요.

보기
궁	복	중	참	사
시	서	광	사	경

① 이미 사용하였거나 오래된 것 ☐

고 (古) ☐

② 옛 궁궐 ☐

③ 옛날의 제도나 풍습 등으로 다시 돌아가는 것 ☐

---

④ 어떤 자격이나 면허를 주기 위해 시행하는 여러 시험 ☐

⑤ 학생들의 공부 실력을 알아보기 위해 치르는 시험 ☐

고 (考)

⑥ 공부하는 데 참고가 되는 책 ☐

---

⑦ 나쁜 일은 없어지고 행운이 오게 해 달라고 음식을 차려 놓고 비는 제사 ☐

⑧ 상품이나 서비스에 대한 정보를 여러 매체를 통해 소비자에게 알리는 활동 ☐

고 (告)

⑨ 어떤 일을 조심하라고 미리 주의를 주는 것 ☐

고사 vs 고사
考(상고할 고) 査(조사할 사)
告(알릴 고) 祀(제사 사)

고사(상고할 고 考, 조사할 사 査)는 학교에서 학생들의 공부 실력을 알아보기 위해 치르는 시험이에요. 실제 시험을 대비하려고 시험을 흉내 내어 치르는 것을 '모의고사'라고 하지요. 그리고 나쁜 일을 없애고 행운이 오길 바라는 마음에 음식을 차려 놓고 제사를 지내는 것도 **고사**(알릴 고 告, 제사 사 祀)라고 해요.

고시 vs 고시
考(상고할 고) 試(시험 시)
告(알릴 고) 示(보일 시)

어떤 자격이나 면허를 주기 위하여 시행하는 여러 가지 시험을 **고시**(상고할 고 考, 시험 시 試)라고 해요. 보통 고시는 공무원을 뽑기 위해 치르는 시험을 말하지요. 그리고 글로 쓴 것을 보여 줘서(보일 시, 示) 널리 알리는(알릴 고, 告) 것도 **고시**라고 해요. 나라에서 정한 것을 사람들에게 알리는 것을 뜻하지요.

중고
中(가운데 중) 古(예 고)

중고는 이미 사용하였거나, 오래된 것을 말해요. 여기에 '물건 품(品)' 자를 붙이면 오래된 물건이란 뜻의 '중고품'이 돼요.

복고
復(돌아갈/돌아올 복) 古(예 고)

복고는 옛것으로(예 고, 古) 돌아간다(돌아갈/돌아올 복, 復)는 뜻이에요. 옛날의 제도나 풍습 등으로 다시 돌아가는 것을 말하지요. 또 옛날 음악이나 패션으로 되돌아가거나 그런 유행을 '복고풍'이라고 해요.

고궁
古(예 고) 宮(집 궁)

고궁은 옛(예 고, 古) 궁궐(집 궁, 宮)을 뜻해요. 지금 남아 있는 고궁은 조선 시대의 궁궐이었던 경복궁, 창덕궁, 창경궁 등이 있어요.

광고
廣(넓을 광) 告(알릴 고)

광고는 세상에 널리(넓을 광, 廣) 알린다(알릴 고, 告)는 뜻이에요. 어떤 상품이나 서비스에 대한 정보를 텔레비전이나 신문 등을 통해 소비자에게 알리는 것을 말하지요.

경고 / 충고
警(경계할 경) 告(알릴 고)
忠(충성 충)

축구 경기에서 반칙한 선수에게 심판이 경고 표시로 옐로카드를 내보이는 걸 본 적 있을 거예요. 이처럼 **경고**는 어떤 말이나 행동을 조심하라고 미리 주의를 주는 것을 말해요. **충고**는 남의 잘못을 진심으로 타이르는 것을 말해요.

참고서
參(참여할 참) 考(상고할 고)
書(글 서)

어떤 일을 조사하거나 공부하는 데 참고가 되는 자료를 모아 놓은 책이 **참고서**예요. 교과서로 공부하다가 이해하기 어려운 내용이 있을 때 참고서를 보면 되지요.

사람의 눈을 끌기 위한 광고

우리 주변에는 먹을 것, 입을 것, 즐길 것들이 아주 많아요. 그런데 어디를 가든 이런 물건들을 사라고 부추기는 것이 있어요. 바로 광고예요. 광고는 어떤 회사가 자신들이 만든 물건을 사람들에게 팔기 위해 텔레비전, 라디오, 인터넷, 신문, 잡지 등을 통해 널리 알리는 거예요. 광고는 사람들에게 필요한 상품에 대해 자세한 정보를 알려 주지만, 상품을 지나치게 부풀려 선전함으로써 막상 사고 나면 기대했던 것과 달라 속은 듯한 기분이 들기도 해요. 광고를 볼 때 필요한 태도와 다양한 광고의 종류를 살펴볼까요?

〈광고의 종류〉

121

1 밑줄 친 낱말의 '고' 자와 같은 뜻으로 쓰인 것은 무엇일까요? (   )

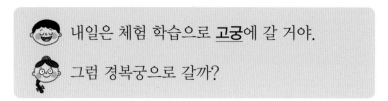

내일은 체험 학습으로 **고궁**에 갈 거야.

그럼 경복궁으로 갈까?

① **중간고사** 국어 시험 범위가 어디지?

② 내일 **중고** 시장에 가자.

③ 이건 친구로서 하는 **충고**야.

④ 이곳은 마을 **고사**를 지내는 곳이야.

2 선생님이 말하고 있는 낱말은 무엇일까요? (   )

여러분이 지금까지 공부한 것을 잘 알고 있는지 내일 확인할 거예요.

내일 시험을 보는 거네요.

① 광고　　　　② 고사　　　　③ 경고　　　　④ 충고

3 속뜻짐작 설명에 알맞은 낱말을 보기 에서 찾아 빈칸에 써 보세요.

① 다른 나라에게 전쟁을 시작한다고 널리 알리는 것

　□□□□

② 경치가 좋아 이름난 역사적인 장소

　□□□□

보기　　선전 포고　　　　명승고적

122

길을 가다 보면 여러 가지 경고, 금지 표지판을 볼 수 있어요.
영어로 적혀 있는 다양한 금지 표지판을 함께 살펴보아요.

no entry, keep out, authorized personnel only

entry는 '출입', '입장'이란 뜻이에요. 그래서 이 앞에 no가 들어가면 '출입 금지'란 뜻이 되지요. 영어로는 no entry라고 해요. keep out 역시 '~에 들어가지 않다'는 뜻으로 차나 사람의 출입을 금지하는 표시예요. authorized personnel only의 authorized는 '인정받은'이란 뜻이고, personnel은 '직원'을 뜻해요. only는 '오직', '유일하게'란 뜻이지요. 그래서 영어 그대로 해석하면 '인정받은 직원만'이란 뜻이고, 이를 자연스럽게 우리말로 번역하면 '관계자 외 출입 금지'란 뜻이 되는 거예요.

no entry

keep out

authorized personnel only

4주 2일
학습 끝!

붙임 딱지 붙여요.

no smoking, no parking, no littering

no smoking은 '금연'이란 뜻이에요. 이 표시가 있는 곳에서는 담배를 피우면 안 돼요. 'This is a nonsmoking area.'처럼 말할 수도 있는데, '이곳은 흡연 금지 구역입니다.'라는 뜻이에요. no parking은 '주차 금지'란 뜻으로, parking이 '주차'를 의미해요. no littering은 '쓰레기를 버리지 마시오.'라는 말이에요. litter는 '쓰레기', '쓰레기를 버리다'라는 뜻이랍니다.

no smoking

no parking

no littering

QR 찍고 발음 듣기

소리가 같은 말 구분하기

과거
科(과목 과) 擧(들 거)

> 조선 시대에는 **과거** 제도가 있었다.
> 평민은 **과거**를 준비하기 어려웠다.

과거는 시험 과목에 따라 벼슬자리에 앉힌다는 뜻으로, 옛날에 관리를 뽑기 위해 치르던 시험을 말해요. 과거 시험은 고려 시대 광종 때 처음 실시했어요. 이후 조선 시대에 이르면서 과거의 중요성이 더욱 커졌지요. 하지만 조선 후기 무렵 서양 문물이 들어오면서 관리를 뽑는 과거 제도는 효용이 없어졌어요. 왜냐하면 과거는 유교 경전을 읽고 시험을 보는 것이기 때문이었지요. 그러면서 과거는 폐지가 되었지만, 오늘날 공무원을 뽑는 국가 고시에 영향을 주었답니다.

과거
過(지날 과) 去(갈 거)

> **과거** 일은 모두 잊어라.
> **과거**를 캐려고 하지 마.

과거는 지나서(지날 과, 過) 가(갈 거, 去) 버린 것이란 뜻이에요. 시간은 크게 과거, 현재, 미래로 나뉘어요. 현재(나타날 현 現, 있을 재 在)는 지금 이 시간을 뜻하고, 미래(아닐 미 未, 올 래/내 來)는 아직 오지 않은 시간을 뜻해요. 과거는 현재를 기준으로 이미 지나간 일이나 생활이에요. 우리가 매일 쓰는 일기는 과거의 일을 기록하기 위해 쓰는 것이지요. '어제', '지난날' 등은 모두 과거를 나타내는 말이에요.

양식
洋(큰 바다 양) 食(먹을 식)

> 양식은 서양식 식사다.
> 할머니는 양식을 싫어하신다.

양식은 서양(큰 바다 양, 洋)식의 음식(먹을 식, 食)이에요. 서양 사람들은 밥 대신 빵과 우유, 고기를 많이 먹어요. 왜냐하면 밀을 재배하고 가축을 키우기에 기후가 안성맞춤이기 때문이에요. 스테이크, 파스타, 샐러드, 피자 등이 대표적인 양식 요리로 꼽혀요. 양식에는 고기 요리가 많기 때문에 일찍부터 나이프를 사용했어요. 포크는 이탈리아에서 파스타를 감아 먹기 위해 사용하기 시작해 점차 유럽으로 퍼졌다고 해요.

양식
樣(모양 양) 式(법 식)

> 주어진 양식에 맞춰 써라.
> 나라마다 생활 양식이 많이 다르다.

양식은 일정한 모양(모양 양, 樣)이나 형식(법 식, 式)을 뜻해요. 자기 소개서나 회원 가입서 등은 정해진 양식에 맞춰 써야 하지요. 그리고 오랜 시간이 지나면서 자연히 정해진 방식이란 뜻도 있어요. 생활 양식은 어떤 지역에 사람들이 함께 모여 살면서 자연스럽게 생겨난 행동 방식으로, 시간이 지나면서 변하기도 해요. 우리 나라는 예부터 온돌이나 마루 등 바닥에 앉아(앉을 좌, 坐) 생활하는 좌식이었지만, 서양 문화가 들어오면서 서서(설 립/입, 立) 생활하는 입식으로 바뀌었어요.

신부
神(귀신 신) 父(아버지 부)

> 신부는 결혼을 하지 않는다.
> 한 신부가 아프리카 사람들을 도우러 떠났다.

신부는 가톨릭교회의 성직자를 일컫는 말이에요. 가톨릭 신자들은 신부를 하느님과 인간을 이어 주는 사람으로 여겨요. 그래서 신부가 인간을 대표해서 하느님께 제사를 드리고 하느님의 은총을 인간에게 베푸는 일을 하지요. 또 신부는 신의 뜻을 전하거나 신의 이름으로 물건이나 동물, 사람을 축복해 주기도 하고, 신자들의 죄를 용서하는 고해 성사를 집행하기도 해요. 신부는 하느님을 섬기는 일에 몰두하기 위해 혼인이 금지되어 있어요.

신부
新(새로울 신) 婦(지어미/며느리 부)

> 신부가 하얀 드레스를 입고 입장하였다.
> 결혼식에서 **신부**는 왜 부케를 던질까?

신부는 갓 결혼하였거나 결혼하는 여자를 말해요. 비슷한말로 새댁, 새색시, 색시가 있어요. 그런데 결혼식 때 신부의 웨딩드레스는 왜 흰색일까요? 원래 웨딩드레스는 노란색, 파란색, 검은색 등 여러 가지 색깔이었어요. 그런데 옛날 영국의 빅토리아 여왕이 결혼식 때 흰색 드레스를 입으면서 많은 사람들이 흰색 웨딩드레스를 입고 싶어 했어요. 비록 당시에는 널리 퍼지지 않았지만, 이후 표백 기술이 발달하고 세계적인 디자이너가 순백의 웨딩드레스를 다시 선보이면서 웨딩드레스는 흰색이 주를 이루게 되었어요.

분수
分(나눌 분) 數(셈 수)

> 분수 기호는 언제부터 사용했을까?
> 분수에 맞게 행동해라.

분수는 나누어진(나눌 분, 分) 수(셈 수, 數)라는 뜻으로 하나의 덩어리를 조각으로 나누었을 때, 나누어진 조각을 말해요. 만약 피자를 네 조각으로 나누었을 때 한 조각은 $\frac{1}{4}$로 표시하고 4분의 1이라고 읽어요. 분수는 자기가 처한 처지에 맞는 지위나 자격이라는 뜻으로도 쓰여요. 옛 속담에 '뱁새가 황새를 따라가면 다리가 찢어진다.'는 말이 있어요. 뱁새가 자신의 짧은 다리를 생각하지 않고 다리가 긴 황새를 따라가려다 다리가 찢어진다는 뜻으로, 자신의 분수에 맞게 행동을 해야 한다는 의미를 담고 있지요.

분수
噴(뿜을 분) 水(물 수)

> 박물관 앞에 멋진 분수가 있다.
> 분수에서 시원한 물줄기가 터졌다.

분수는 물(물, 水)을 뿜어낸다(뿜을 분, 噴)는 뜻으로, 구멍으로 물을 세차게 뿜어 흩뜨리는 시설이나 그 물을 말해요. 또 이러한 설비를 갖춘 대(대 대, 臺)를 '분수대'라고 해요. 분수는 고대에 정원과 궁전을 꾸밀 때 만들었는데, 요즘에는 음악에 맞춰 아름다운 물줄기를 뿜어내는 음악 분수도 있어요. 위로 솟구치다 이리저리 흩어지는 물방울이 마치 무용가가 춤을 추는 듯 아름답지요. 또 분수의 중앙에 있는 조각상에 동전을 던지고 소원을 빌기도 해서 분수대에 가면 수많은 동전이 물 속에 잠겨 있기도 해요.

1 이도령과 방자의 대화에 나오는 '과거'의 뜻풀이를 찾아 빈칸에 ○ 하세요.

도련님, **과거**가 얼마 남지 않았는데, 글공부는 소홀히 하시고, 그네 타는 춘향 아씨만 보고 계시면 어떡합니까?

지금 **과거** 따위가 문제더냐. 지금 내 눈앞에 있는 춘향이가 전부이니라.

① 옛날에 관리를 뽑기 위해 치르던 시험 ☐

② 지나간 때, 지나간 일이나 생활 ☐

2 밑줄 친 낱말과 어울리는 그림을 찾아 선으로 이어 주세요.

양식이 왜 이렇게 복잡해. •

생일에는 **양식**을 먹고 싶어요. •

3 밑줄 친 낱말의 '신' 자와 같은 뜻으로 쓰인 것은 무엇인가요? ( )

신부님께서 미사를 시작하셨어요.

① 우리 이모는 5월의 **신부**야.

② **신부**의 웨딩드레스가 너무 예뻐.

③ 성당 앞에서 **신부**님이 기도를 하고 있어요.

④ **신부**는 한국 사람이고, 신랑은 러시아 사람이래요.

4 분수에는 여러 가지 뜻이 있어요. 보기 에 있는 '분수'의 뜻에 해당하는 낱말을 일기에서 찾아 ○ 하세요.

> 보기   전체에 대한 부분을 나타내는 수

6월 7일 화요일 날씨: 맑음

수학 시간에 선생님께서 **분수** 문제를 칠판에 적으셨다. 피자를 12사람이 두 조각씩 나눠 먹을 때를 **분수**로 나타내는 문제였다. 영빈이가 손을 들었다.

"선생님, 준이가 오늘 배가 아파서 안 먹는다고 하면 제가 네 조각을 먹어야 하니 똑같이 나누는 것은 어렵겠어요."

아이들이 깔깔깔 웃기 시작했다.

선생님이 깊게 숨을 내쉬며 이마를 짚으셨다. 학교를 마치고 친구들과 공원에 갔다. 공원에는 음악 **분수**가 틀어져 있었다. 우리는 음악에 맞춰 춤을 추는 **분수**를 구경했다. 그때 영빈이가 나서며 말했다.

"내가 저것보다 더 잘 춰."

영빈이가 팔다리를 휘청거리며 춤을 추기 시작했다.

분수의 음악이 빠른 곡으로 바뀌었다.

영빈이 동작이 빨라지더니 꽈당 넘어져 버렸다.

"**분수**를 알아야지. 이 곡은 너무 빠르잖아."

나는 얼른 영빈이를 일으켜 세웠다.

4주 3일
학습 끝!

붙임 딱지 붙여요.

5 밑줄 친 낱말의 뜻을 선으로 이어 보세요.

신부 부케	갓 결혼하였거나 결혼하는 여자
성당 **신부**님	서양식 음식이나 식사
양식 요리사 자격증	가톨릭의 성직자

129

헷갈리는 말 살피기

| 어이 | 우리 반이 **어이없이** 지고 말았어.
그런 말을 하다니 정말 **어이없다**. |

어이는 엄청나게 큰 사람이나 사물을 뜻하는 어처구니를 줄인 말이에요. 그런데 '어처구니가 없다(어이가 없다)'라고 하면 일이 너무 뜻밖이어서 기가 막히다는 뜻이지요. 정확한 근거가 있는 것은 아니지만, 일부에서는 어처구니가 맷돌의 위아래 판을 연결해 주는 장치라고도 하고, 맷돌 손잡이라고도 해요. 그래서 어처구니가 없으면 맷돌을 돌릴 수가 없지요. 어처구니가 없으면 물건이 제 기능을 못 하기 때문에 매우 당황스러울 때 '어처구니없다'는 말을 사용하게 되었다고 해요.

| 어의
御(어거할 어) 醫(의원 의) | 허준은 훌륭한 **어의**였어.
어의가 되긴 쉽지 않았어. |

어의는 궁궐 안에서 임금이나 왕족의 병을 치료하던 의원이에요. 오늘날 잘 알려진 인물로 허준이 있어요. 조선 선조 때 활동한 어의지요. 허준은 궁궐 안에서 의료 관련 일을 하는 내의원을 지내던 중, 세자인 신성군의 천연두를 치료해 주어 어의로 발탁되었지요. 임금의 병을 고쳐 주는 어의 외에도 소리는 같지만 뜻이 다른 낱말 중에는 임금의 옷을 뜻하는 '어의'도 있어요. 이때는 '옷 의(衣)' 자를 사용해요.

1 그림에 어울리는 낱말을 ( ) 안에서 골라 ○ 하세요.

이렇게 쉽게 아웃되다니, (어이 / 어의)없군.

2 밑줄 친 낱말의 뜻을 선으로 이어 주세요.

공주 처소로 <u>어의</u>를 들라 하라. •

임금의 <u>어의</u> 한 벌을 만들어라. •

• **임금의 옷**

• **궁궐의 의원**

3 '어의'와 '어이'를 모두 넣어 재미있는 문장을 만들어 보세요.

'어이(어처구니)'처럼 우리 주변에는 사물에서 비롯된 말들이 제법 많아요. 그중 하나가 트집이에요. '트집'은 옻나무에서 옻을 채취할 때 나무껍질에 생채기를 내는 것에서 비롯된 말이에요. 그래서 '트집을 잡다', '생트집을 잡다'라고 하면 까닭도 없이 시비 거는 것을 의미해요.

내력
來(올 래/내) 歷(지낼 력)

> 그 물건에는 가족 **내력**이 기록되어 있다.
> 잘 먹는 건 우리 집안 **내력**이다.

내력에는 두 가지 뜻이 있어요. 첫째는 지금까지 지내온 과정이나 역사를 뜻해요. 개인의 역사, 과거의 삶, 경력, 유래 등 지나온 발자취를 말하지요. 무엇인가를 깊이 알기 위해서는 개인, 집안, 고장의 내력을 파악해 보는 것이 중요해요. 둘째는 '손이 큰 것은 내력이야.'처럼 조상 대대로 유전되어 내려오는 특성이란 뜻이 있어요. 고유어로는 '내림'이라고 해요.

내역
內(안 내) 譯(번역할 역)

> 지출 **내역**을 꼼꼼히 적어야 해.
> 기부금 사용 **내역**을 밝혀야 한다.

내역은 어떤 내용이나 물품, 금액 등을 자세히 적어 놓은 거예요. 비슷한말로는 작은 것까지 밝혀 놓은 '명세(밝을 명 明, 가늘 세 細)'가 있어요. 내역이라는 말은 생활 속에서 자주 사용해요. 휴대 전화의 부재중 통화 내역을 확인하기도 하고, 은행에서 통장 입출금 내역을 정리해 보기도 하지요. 그리고 원그래프는 전체에 대한 각 부분의 내역을 나타낸 그래프랍니다.

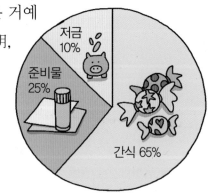

〈용돈 사용 내역 그래프〉

1 보기의 밑줄 친 낱말과 같은 뜻으로 쓰인 낱말에 ○ 하세요.

> 보기   우리 학교는 국가 대표 축구 선수를 배출한 **내력**이 있다.

 쌍꺼풀 없는 눈이 우리 집안 **내력**이야.

이 책에는 작가가 살아온 **내력**이 자세히 기록되어 있어.

2 그림에 어울리는 낱말을 (   ) 안에서 골라 ○ 하세요.

이제부터 용돈 기입장에 용돈 쓴 (내역 / 내력)을 잘 정리해야겠어!

3 밑줄 친 낱말에 알맞은 설명을 선으로 이어 주세요.

| 통화 **내역**서를 발급받으려면 통신사로 가야 해요. | • | • | 걸어온 발자취 |
| 그림의 **내력**을 알면 감동이 더 커져요. | • | • | 어떤 내용이나 물품, 금액을 자세히 적은 것 |

기일
期(기약할 기) 日(날 일)

> 기일 안에 일을 마쳐야 한다.
> 선고 기일이 연기되었다.

기일은 언제라고 미리 때를 정한 날짜를 뜻해요. 기일은 특히 '선고 기일, 공판 기일, 변론 기일, 지급 기일'처럼 법률 관련 용어로 많이 쓰지요. 법정 기일은 법원의 명령이기 때문에 정해진 날짜에 정확히 법대로 일이 처리돼요. 또 소리는 같지만 뜻이 다른 '기일(꺼릴 기 忌, 날 일 日)'이 있어요. 주로 어른이 돌아가신 날로 해마다 돌아오는 제삿날을 가리켜요.

기한
期(기약할 기) 限(한정 한)

> 유통 기한이 한 달이나 지났다.
> 도서 상품권 기한이 일주일 남았다.

기한은 어떤 일을 언제부터 언제까지 하도록 정해 놓은 시기를 말해요. 고유어로는 '마감'이라고 해요. 유통(흐를 류/유 流, 통할 통 通)은 만들어진 상품이 판매되기까지 과정을 뜻해요. 따라서 유통 기한은 상품을 언제까지 판매할 수 있다고 정해 놓은 시기를 말해요. 우리가 먹는 식품들은 특히 유통 기한을 잘 확인하는 것이 중요해요.

1 친구들의 이야기를 읽고, 밑줄 친 낱말의 뜻이 같은 것끼리 선으로 이어 주세요.

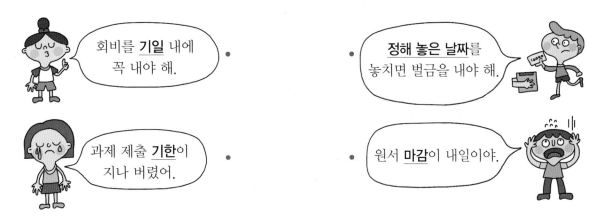

2 빈칸에 들어갈 낱말을 보기 에서 찾아 번호를 쓰세요.

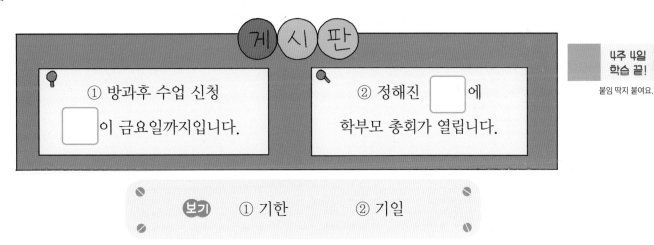

3 친구의 대사에서 잘못 쓰인 낱말을 찾아 바르게 써 보세요.

앞뒤에 붙는 말 알아보기

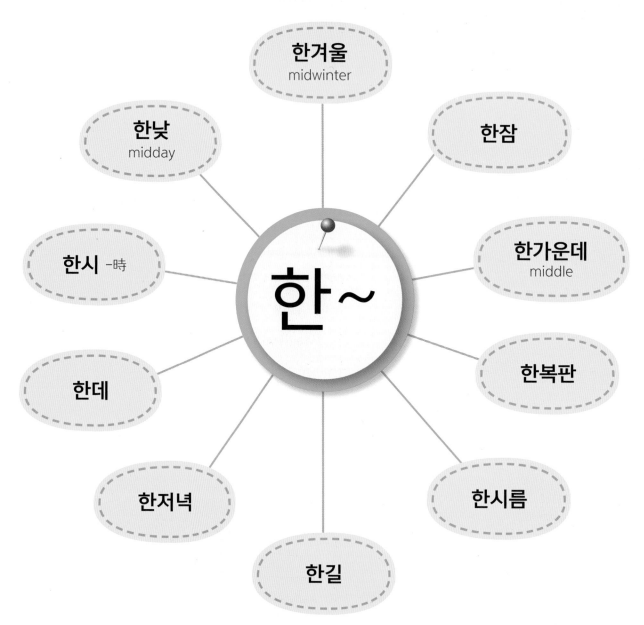

한겨울
midwinter

한잠

한낮
midday

한가운데
middle

한시 -時

한복판

한데

한시름

한저녁

한길

한~

1 다음 문장을 읽고, 알맞은 낱말을 (　　) 안에서 골라 ○ 하세요.

① (한낮 / 한점심)의 더위에 땀이 비 오듯 쏟아졌다.

②  우리는 한날(한시 / 한낮)에 태어난 쌍둥이다.

③  '(한복판 / 한겨울)에 밀짚모자 꼬마 눈사람' 노래를 불렀다.

④  나는 운동장 (한해살이 / 한가운데)에 서 있었다.

⑤ 화살이 정확하게 과녁 (한복판 / 한걱정)에 꽂혔다.

⑥  저녁밥 때가 지났지만 엄마가 (한저녁 / 한겨울)을 차려 주었다.

2 낱말에 알맞은 설명을 선으로 이어 주세요.

한길	•		•	깊이 푹 자는 잠
한잠	•		•	큰 근심이나 걱정
한시름	•		•	사방과 위를 가리지 않은 집 바깥
한데	•		•	사람과 차가 많이 다니는 넓은 길

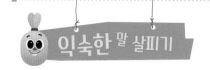
한낮
한+낮

한낮은 낮의 한가운데로 낮 12시쯤을 나타내요. 반대로 '한밤'은 밤의 한가운데를 뜻해요. 이처럼 한낮, 한밤의 '한~'은 '한창때'를 의미해요.

한겨울
한+겨울

한겨울은 겨울에 '한창'이란 뜻의 '한~'을 붙인 말로, 추위가 한창인 겨울을 말해요. 반대로 더위가 한창인 여름은 '한여름'이라고 해요. 우리나라가 한겨울일 때, 뉴질랜드는 반대로 한여름이지요.

한잠
한+잠

한잠은 깊이 푹 자는 잠을 뜻해요. 한여름, 한낮처럼 잠에 '한~'자가 붙어 '한창'의 의미가 더해진 것이지요. 반대로 짧은 시간 동안 잠시 자는 잠도 '한잠'이라고 해요.

한가운데
한+가운데

한가운데는 시간이나 장소의 가운데에서도 가장 중심이 되는 가운데를 뜻해요. 양궁은 화살로 과녁의 한가운데를 쏘아 맞히는 경기지요. 비슷한말로 '한중간'이 있어요.

한복판
한+복판

'복판'은 물건의 가운데를 뜻해요. 여기에 '한~'을 붙이면 복판을 강조하는 뜻으로 한복판이 돼요.

한시름
한+시름

'시름'은 마음에 남아 있는 근심과 걱정인데, 앞에 '한~'이 붙으면 '큰 시름'이란 뜻의 한시름이 돼요. 이처럼 '한'은 낱말 앞에 붙어 '크다'는 뜻을 더해요. 그렇다면 큰 걱정은 어떻게 말할까요? 바로 '한걱정'이라고 해요.

한길
한+길

한길은 사람이나 차가 많이 다니는 큰길을 말해요. 충청남도에 있는 대전(큰 대 大, 밭 전 田)은 '큰 밭'이란 뜻으로 예전에는 '한밭'이라고 불렸어요.

한저녁
한+저녁

'한~'이 '점심, 저녁, 음식'이란 단어 앞에 붙으면 어떤 뜻이 될까요? 이런 낱말 앞의 '한~'은 '끼니때 밖'의 뜻이 돼요. 끼니때가 아닌 때에 차린 음식은 '한음식', 끼니때가 지난 뒤에 간단하게 차리는 저녁은 한저녁, 끼니때가 지나서 간단히 먹는 점심은 '한점심'이에요.

한데
한+데

한데는 사방과 위를 가리지 않은 곳, 집 바깥을 말해요. '한뎃잠'은 한데, 즉 바깥에서 자는 잠을 뜻하지요. 한데는 '빨래를 한데 모아 놓아라.'처럼 같은 곳, 한곳이란 뜻으로 쓰이기도 해요.

한시
한+時(때 시)

한시는 '같은'이란 뜻의 '한' 자와 '때 시(時)' 자가 합쳐진 말로, '같은 시각'이란 말이에요. 그래서 '한날한시'는 '같은 날 같은 시각'이란 뜻이에요.

한 해를 스물넷으로 나눈 24절기

한여름은 더위가 한창 기승을 부리는 때를 뜻하고, 한겨울은 추위가 한창인 겨울을 뜻해요. 일 년 중 한여름과 한겨울은 어느 때일까요? 24절기를 통해 한여름과 한겨울이 언제인지 알 수 있어요. 절기는 태양의 움직임에 따라 각 계절을 스물넷으로 나눈 계절의 구분을 말해요. 24절기 속에서 한여름과 한겨울을 찾아보아요.

〈24절기의 순서〉

대한은 '큰(큰 대, 大) 추위(찰 한, 寒)'라는 뜻으로, 겨울 추위가 최고에 달하는 절기예요. 따라서 대한을 일 년 중 가장 추운 한겨울이라고 할 수 있어요.

대설은 '큰(큰 대, 大) 눈(눈 설, 雪)'이라는 뜻으로, 일 년 중 눈이 가장 많이 내리는 절기예요. 이때 눈이 많이 오면 풍년이 든다고 해요.

12월 22일경 동지
1월 5일경 소한
12월 7일경 대설
1월 20일경 대한
11월 22일경 소설
2월 4일경 입춘
11월 7일경 입동
2월 19일경 우수
10월 23일경 상강
3월 6일경 경칩
10월 8일경 한로

겨울

3월 21일경 춘분   **봄**   **가을**   9월 23일경 추분

4월 5일경 청명
9월 8일경 백로
4월 20일경 곡우
8월 23일경 처서
5월 5일경 입하
여름
8월 7일경 입추
5월 21일경 소만
7월 23일경 대서
6월 6일경 망종
7월 7일경 소서
6월 21일경 하지

여름은 일곱 번째 절기인 입하로 시작돼요. 봄이 다 가고 여름으로 들어섰다는 뜻이지요.

소서는 '작은(작을 소, 小) 더위(더울 서, 暑)'라는 뜻으로, 이때부터 더위가 시작되고, 과일과 채소도 많이 나기 시작해요.

대서는 '큰(큰 대, 大) 더위(더울 서, 暑)'라는 뜻으로, 이때가 일 년 중 가장 더운 한여름이라고 할 수 있어요.

1 밑줄 친 낱말과 비슷한 뜻으로 쓰이는 낱말은 무엇일까요? (   )

우리는 강당 <u>한가운데</u>에 모여 공연 준비를 했다.

① 한걱정   ② 한시   ③ 한중간   ④ 한저녁

2 다음 (   ) 안에 들어갈 낱말을 찾아 번호를 써 보세요.

오늘은 올 겨울 들어 가장 추운 날씨가 예상
됩니다. 아침 출근길에는 영하 15도까지 뚝
떨어지겠습니다. 맹추위는 (   )에도 이어
져 어제보다 10도 정도 낮겠습니다. 당분간
(   ) 날씨가 이어질 것으로 예상되니 건
강 관리에 주의하셔야겠습니다.

① 한겨울   ② 한집안   ③ 한데   ④ 한낮

3 밑줄 친 낱말의 뜻에 해당하는 것을 골라 빈칸에 ○ 하세요.

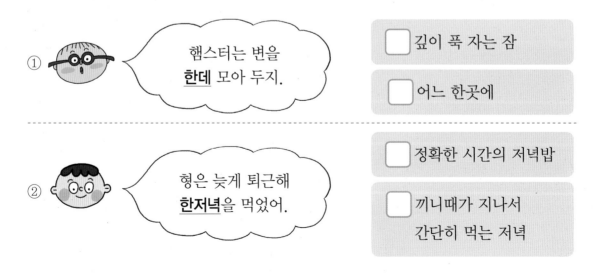

① 햄스터는 변을 <u>한데</u> 모아 두지.

☐ 깊이 푹 자는 잠
☐ 어느 한곳에

② 형은 늦게 퇴근해 <u>한저녁</u>을 먹었어.

☐ 정확한 시간의 저녁밥
☐ 끼니때가 지나서 간단히 먹는 저녁

한가운데는 가장 중심인 가운데를 뜻하고 한여름은 더위가 한창인 여름을 말해요.
'한가운데', '한창'을 뜻하는 영어 단어에는 무엇이 있는지 살펴볼까요?

center

center는 '중심', '중앙', '한가운데'를 뜻해요. '길 한가운데'를 표현하고 싶을 때는 center of the street라고 하면 돼요. 축구에서 centering 하는 동작이 있는데, 경기장의 center, 즉 중앙 쪽으로 공을 보내 주는 것을 말해요.

4주 5일
학습 끝!

붙임 딱지 붙여요.

midsummer

midsummer는 '한여름'이란 뜻이에요. '중간의', '가운데의'라는 뜻의 mid와 '여름'이란 뜻의 summer가 합쳐진 말이지요. 셰익스피어의 유명한 희곡 작품인 '한여름 밤의 꿈'을 영어로는 Midsummer Night's Dream이라고 해요.

peak

peak는 '절정', '최고 한창인 때', 즉 '성수기'를 뜻해요. '산의 꼭대기', '정상'도 peak라고 해요. 보통 여름 휴가철에 여행을 떠나는데, 성수기에 휴가를 가면 주변 경관보다는 사람 구경을 더 하게 되지요.

QR 찍고 발음 듣기

어이없을 때, '기가 막히다'

기가 막히다: 활동하는 데 필요한 힘인 기(기운 기, 氣)가 막히다는 뜻으로,
터무니없이 황당한 일을 당해 잠시 움직이지 못할 때 쓰는 말이에요.

살아 움직여야 할 기가 막히면
꼼짝할 수 없어요.

보통 어떤 일에 놀라 어이없을 때나
뭐라 말할 수 없을 만큼 정도가 심할 때
기가 막힌다고 하지요.

아…… 그렇군요

방법이
없나요?

침 한 방이면
됩니다.

그럼 어서 치료를
해 주시지요.

명의십니다

그럼 치료를
시작하겠습니다.

그런데
왜 저를
묶나요?

기다려
보세요

에잇!

뽕~ 부아아앙

따끔

뭐야, 방귀였어?

너무 참아
막혔지요.

아이고
이젠 내가
기가 막히네

뽕

살 것
같아요

143

1주 13쪽 먼저 확인해 보기

1.
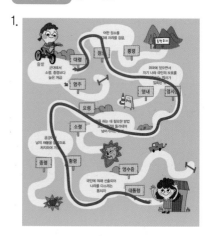

1주 16쪽 속뜻 짐작 능력 테스트

1. (요령) 소령 강령 대령

2.
조	가	구	신
술	로	횡	령
리	채	진	호
영	다	형	민

3.

중세 유럽에서 왕이 나눠 준 땅을 주인처럼 다스리던 사람은 영주예요. 수령(받을 수 受, 거느릴 령/영 領)은 물건을 받는다는 뜻이에요.

1주 19쪽 먼저 확인해 보기

1.

1주 22쪽 속뜻 짐작 능력 테스트

1.

식혜는 쌀밥으로 만든 전통 음료로, 여기서 쓰에 '식' 자는 '법 식(式)' 자가 아니라 '먹을 식(食)' 자예요.

2.
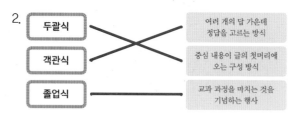

3. ②

문답식은 서로 묻고(물을 문, 問) 답하는(대답 답, 答) 방식(법 식, 式)이란 뜻이에요.

1주 25쪽 먼저 확인해 보기

1.

2.

1주 28쪽 속뜻 짐작 능력 테스트

1. ④

2. ④

견과류의 견(굳을 견, 堅)은 딱딱하다는 뜻이고, 애견의 견(개 견, 犬)은 개, 견인의 견(끌 견, 牽)은 끌다라는 뜻이에요.

3.

외견상은 바깥에서(바깥 외, 外) 볼(볼 견, 見) 수 있게 드러난(위 상, 上) 모습을 뜻하고, 상견례는 서로(서로 상, 相) 만나 보는(볼 견, 見) 예(예도 례/예, 禮)라는 뜻이에요.

1주 31쪽 먼저 확인해 보기

1.
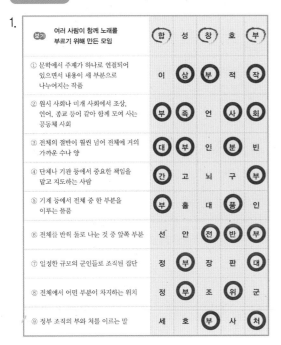

1주 34쪽 속뜻 짐작 능력 테스트

1. 부처　군부대　간부　**대부분**

2. ②
부처님은 불교의 석가모니를 일컫는 말로, 산스크리트어인 붓다(Buddha)에서 유래된 말이에요. 우리나라에 전해지면서 부처로 불리게 되었어요.

3.
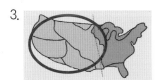

서부(서녘 서 西, 거느릴 부 部)는 어떤 지역의 서쪽 부분을 말하는 거예요.

1주 37쪽 먼저 확인해 보기

1.
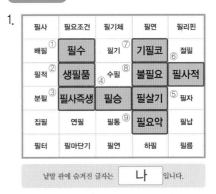

낱말 판에 숨겨진 글자는　**나**　입니다.

1주 40쪽 속뜻 짐작 능력 테스트

1.

이번 시합에서는 □ 이겨야 해! — 기필코
치약, 화장지, 비누 등 □을/를 사러 슈퍼마켓에 가자. — 생필품
환한 대낮에 전구는 □ 해. — 불필요

2. ③

3. 사필귀정
사필귀정은 모든 일(일 사, 事)은 반드시(반드시 필, 必) 바르게(바를 정, 正) 돌아간다(돌아갈 귀, 歸)는 말이에요.

2주 45쪽 먼저 확인해 보기

1.

2주 48쪽 속뜻 짐작 능력 테스트

1. (백화점) 문제점 점심 점수

2.
① 학용품, 사무용품 등을 파는 가게	문	구	점
② 새로 가게를 내서 처음으로 장사를 시작함.	개	점	
③ 가게에 고용되어 일하는 사람	점	원	

3. ③

할인점(벨 할 割, 끌 인 引, 가게 점 店)은 다른 가게보다 낮은 가격으로 물건을 파는 가게로, 특정 상품을 전문적으로 파는 곳이 많아요.

2주 51쪽 먼저 확인해 보기

1.
① 캄캄한 밤에 거리를 밝히기 위해 설치한 조명은 (가로등) 신호등)입니다.
② 길거리에서 물건을 팔기 위해 설치한 받침대는 (가로등 가판대))입니다.
③ 도시의 거리를 여러 사람이 줄지어 걷는 것은 (가두 행렬 시가지)입니다.
④ 도시에서 주택이나 상점이 늘어서 있는 지역은 (시가지 여가)입니다.
⑤ 물건 파는 상점이 죽 늘어서 있는 거리는 (신시가 상가))입니다.
⑥ 임금이 사는 대궐로 이어지는 길은 (여가 중심가))입니다.
⑦ 즐길 것, 볼 것이 많아 사람들로 복잡하는 거리는 (번화가) 방송가)입니다.
⑧ 원래 있던 도시를 새롭게 개발한 시가는 (신시가) 구시가)입니다.
⑨ 종을 단 누각이 있는 거리의 첫 번째 구획 도로는 (가두 행렬 종로 1가))입니다.

2주 54쪽 속뜻 짐작 능력 테스트

1. ④

대학가의 '가' 자는 '거리 가(街)' 자로, 상가(商街), 학원가(學院街), 가로(街路) 모두 '거리 가(街)' 자를 써요. 하지만 가수(歌手)의 '가' 자는 '노래 가(歌)' 자예요.

2.

3.
연예가 ———— 음악, 무용, 쇼 등 연예 일을 하는 사람들이 모인 집단
시가전 ———— 도시 거리에서 벌어지는 전투

연예가는 방송, 예능 등의 연예와 관련된 일을 하는 사람들의 사회를 뜻하고, 시가전은 도시의 큰 거리에서 벌어지는 전투를 뜻하는 말이에요.

2주 57쪽 먼저 확인해 보기

1.
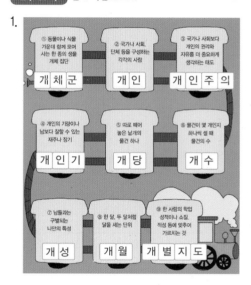

2주 60쪽 속뜻 짐작 능력 테스트

1.
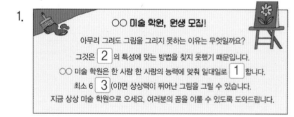

2. ③

개인, 개인택시, 개체군, 개인기의 '개' 자는 모두 '낱개(個)' 자예요. 하지만 개최는 모임이나 회의를 연다는 뜻으로, '열 개(開)' 자를 써요.

3.
개중 ———×——— 적을 따로따로 나누어서 물리침.
각개 격파 ——————— 여럿 가운데 하나

개중(낱 개 個, 가운데 중 中)은 여러 개 중 하나라는 뜻이고, 각개 격파(각각 각 各, 낱 개 個, 칠 격

擊, 깨뜨릴 파 破)는 적을 하나씩 따로 떼어 무찌른
다는 말이에요.

2주 63쪽 먼저 확인해 보기

1.

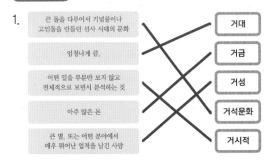

큰 돌을 다루어서 기념물이나
고인돌을 만들던 선사 시대의 문화 —— 거대

엄청나게 큼. —— 거금

어떤 일을 부분만 보지 않고
전체적으로 보면서 분석하는 것 —— 거성

아주 많은 돈 —— 거석문화

큰 별, 또는 어떤 분야에서
매우 뛰어난 업적을 남긴 사람 —— 거시적

2.

① 고흐나 피카소처럼 어떤 분야
에서 재능이 아주 뛰어난 사람을
2 (이)라고 해요.

② 조선 시대 여자 상인이었던
김만덕처럼 큰 규모로 장사하는
상인을 3 (이)라고 해요.

③ 일본의 스모 선수처럼 아주
큰 몸집을 1 (이)라고 해요.

2주 66쪽 속뜻 짐작 능력 테스트

1. ④
거물, 거성, 거인은 모두 어떤 분야에서 위대한 업적
을 남긴 사람을 일컫는 말이에요. 거물은 큰(클 거,
巨) 물건(물건 물, 物)을 뜻하지만, 사회적으로 큰 영
향력을 지닌 사람을 뜻하기도 해요. 거성도 큰(클
거, 巨) 별(별 성, 星)이란 뜻이지만, 훌륭한 업적을
남긴 사람을 뜻하기도 해요. 거인 역시 몸이 큰(클
거, 巨) 사람(사람 인, 人)이란 뜻과 큰 업적을 남긴
위대한 사람을 비유적으로 나타낼 때 사용해요.

2.

빌 게이츠는 1975년에 거대 자본 이/가 아닌
1,500달러의 소자본으로 마이크로소프트를 설립했다.
이후 윈도즈를 개발해 정보 통신 분야에서 가장 영향력어
큰 거물 (으)로 성장해 억만장자가 되었으며,
자선 활동에도 적극적으로 참여해 '기부왕'으로 불리고 있다.

3. 거석 | (거봉) | 거성 | 거상

거봉은 큰(클 거, 巨) 봉우리(봉우리 봉, 峰)라는 뜻
으로, 보통 포도알보다 큰 포도알이 달린 포도를 뜻
해요.

2주 69쪽 먼저 확인해 보기

1.

① 나랏일을 하는 사람이 일하는 곳으로 출근하는 것 — 등

② 한옥에서 방과 방 사이에 있는 큰 마루 — 대

③ 경찰이 하는 일을 관리하고 다스리는 국가 기관 — 경 찰

④ 조선 시대에 죄지은 사람을 잡아들여 다스리던 곳 — 포 도

⑤ 나랏일을 맡아보는 국가 기관 — 관   청 사

⑥ 관청의 사무실로 쓰는 건물

⑦ 교황을 중심으로 전 세계의 가톨릭 신도와
가톨릭교회를 다스리는 곳 — 교 황

⑧ 교육청, 기상청 등과 같이 중앙 행정 기관의 우두머리 — 장

⑨ 조선 시대에 세금으로 내던 쌀의
출납을 관리하던 기관 — 선 혜

⑩ 높은 벼슬아치 밑에서 시중을 들던 일 — 수

2주 72쪽 속뜻 짐작 능력 테스트

1. ④
교황청, 대청, 경찰청의 '청' 자는 모두 '청사 청(廳)'
자로, 나랏일을 하는 기관이란 뜻이 있어요. 하지만
경청의 '청' 자는 '들을 청(聽)' 자로 남의 말을 귀를
기울여 듣는다는 뜻이 담겨 있어요.

2.

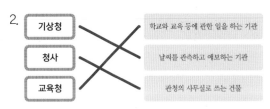

기상청 —— 학교와 교육 등에 관한 일을 하는 기관

청사 —— 날씨를 관측하고 예보하는 기관

교육청 —— 관청의 사무실로 쓰는 건물

3. 포도청 | 선혜청 | **관세청**

포도청은 조선 시대에 도둑을 잡고 범죄를 막는 기
관이고, 선혜청은 대동법을 담당한 조선 시대 기관
이에요.

3주 79쪽 먼저 확인해 보기

1.

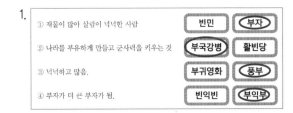

① 재물이 많아 살림이 넉넉한 사람 — 빈민 (부자)

② 나라를 부유하게 만들고 군사력을 키우는 것 — 부국강병 활빈당

③ 넉넉하고 많음. — 부귀영화 (풍부)

④ 부자가 더 큰 부자가 됨. — 빈익빈 (부익부)

2.

3주 82쪽 속뜻 짐작 능력 테스트

1. ①

2. ③

3.

부티는 생활이 풍족해 보이는 모습이나 태도를 뜻하는 말로, '부자 부(富)' 자를 사용해요. 빈티와는 상대되는 낱말이에요.

3주 85쪽 먼저 확인해 보기

1. 우승 　 역전승 　 **백전백패**

2.
① 결 승 : 싸움이나 경기에서 마지막 승자를 결정함.
② 승 승 장 구 : 싸움에 이긴 기세를 타고 계속 몰아침.
③ 실 패 : 일을 잘못하여 뜻한 대로 되지 아니하거나 그르침.
④ 승 리 : 전쟁이나 경기에서 겨루어 이김.

3.
① 제2차 세계 대전이 끝나고 전쟁에서 진 (승전국 **패전국**)은 연합군이 관리하였다.
② 야구 경기에서 이기는 대 큰 공을 세운 투수를 (**승리** 패배) 투수라고 한다.
③ 싸움이나 경기에서 진 (승자 **패자**)도 결과를 깨끗이 받아들일 줄 알아야 한다.

3주 88쪽 속뜻 짐작 능력 테스트

1.
야구 팀 주장인 승우가 속한 팀은 세 번째 패 배를 기록했어요. 마지막 경기마저 이기고 있다가 역전 패 을/를 당해 승우는 눈물을 흘렸어요.

2.

3. ③

무승부는 승부가 나지 않는다는 뜻으로, 운동 경기 등에서 서로 점수가 똑같아 어느 쪽이 이기고 지는 것 없이 비기는 것을 뜻하는 말이에요. 대승은 크게 (큰 대, 大) 이기는(이길 승, 勝) 것을 뜻해요.

3주 91쪽 먼저 확인해 보기

1.

3주 94쪽 속뜻 짐작 능력 테스트

1.
① '동양화'는 동양에서 발달한 그림이에요. 　 O
② '서양화'는 붓과 먹을 이용해서 그려요.
③ '태고'는 말하고 있는 그때보다 조금 뒤를 뜻해요.
④ '지금'은 말하고 있는 바로 이때를 뜻해요. 　 O

태고는 아주 먼 옛날을 뜻하는 말이고, 말하고 있는 바로 이때를 뜻하는 말은 지금, 방금, 금방이 있어요.

2. **석빙고** 　 동문서답 　 동고서저 　 금시초문

3.
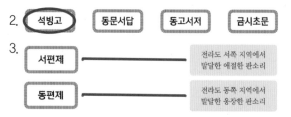

서편제는 전라도 섬진강의 서쪽 지역인 광주, 나주, 보성 등의 지역에서 발달한 판소리를 뜻하고, 동편

제는 구례, 순창, 운봉 등 전라도 동쪽 지역에서 발달한 판소리를 말해요.

3주 97쪽 먼저 확인해 보기

1. (**골품제**)　봉건 제도　카스트 제도

2. ① 같은 핏줄의 계통이란 뜻으로, 같은 조상의 핏줄을 이어받은 자손들을 말해요.
　보기 순 **혈** 품 신 **통** 양 ・　　혈 통

② 가문이나 신분이 좋아 여러 특권을 가진 계층의 사람들을 말해요.
　보기 **귀** 혈 **족** 신 진 선 ・　　귀 족

③ 양반과 상민 사이에 있는 중간 신분의 사람이란 뜻이에요.
　보기 봉 재 중 건 **인** 순 ・　　중 인

3주 100쪽 속뜻 짐작 능력 테스트

1.
혈통은 조상의 핏줄을 이어받은 자손들을 일컫는 말이에요.　**혈**
혈통은 뼈에도 등급이 있다는 뜻이에요.　**노**
평민은 귀한 핏줄을 가진 사람이에요.　**제**
평민은 아무런 지위가 없는 평범한 백성이에요.　**통**

신분 제도는 태어날 때의 혈 통 와/과 가문에 따라 계급을 나누는 제도이다.

2. ①

3.

왕에게 땅을 받은 영주는 그 땅에서 농민을 살게 하며 농사를 짓게 했어요. 농민은 농사를 지으며 많은 세금을 영주에게 바쳐야 했어요. 이때의 농민은 '농사 짓는 종'과 같다 해서 **농노** (이)라고 했어요.

농노는 농사(농사 농, 農)를 짓는 종(종 노, 奴)이란 뜻으로, 중세 시대 유럽의 봉건 사회에서 영주에게 지배를 받으며 살던 농민 계층을 말해요.

3주 103쪽 먼저 확인해 보기

1.

고 대 도 시

수 도 권

도 시 문 제

2.

교 **통** 체 **증** 선 청
정 **생 산 도 시** 설
영 시 정 별 조 **도**
도 시 국 가 나 **심**
수 정 호 주 소 **지**

3주 106쪽 속뜻 짐작 능력 테스트

1. ②

2. 수 (**도**) 호 (**심**) 소 (**지**)

3.

대도시

대도시는 큰 도시란 뜻으로, 인구가 보통 100만 명 이상인 곳을 대도시라고 해.

대도시는 작은 크기의 도시란 뜻으로, 인구 밀도가 높지 않은 도시를 말해.

대도시는 큰(큰 대, 大) 도시(저자 시, 市)란 뜻으로, 중소 도시보다 넓고 인구도 약 100만 명 이상의 도시를 말해요. 인구가 많기 때문에 인구 밀도 또한 중소 도시보다 대도시가 높아요.

4주 113쪽 먼저 확인해 보기

1.
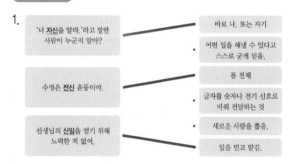
'너 **자신**을 알라.'라고 말한 사람이 누군지 알아?　—　바로 나. 또는 자기
　　　　어떤 일을 해낼 수 있다고 스스로 굳게 믿음.
수영은 **전신** 운동이야.　—　몸 전체
　　　　글자를 숫자나 전기 신호로 바꿔 전달하는 것
선생님의 **신임**을 얻기 위해 노력한 적 없어.　—　새로운 사람을 뽑음.
　　　　일을 믿고 맡김.

2.

① 신이나 종교를 믿고 받들어 따르는 것　신임　(**신앙**)
② 몸치장하는 데 쓰는 물건　(**장신구**)　전신
③ 가장 새로움　(**최신**)　신인
④ 태어난 지 얼마 안 된 갓난아이　신세대　(**신생아**)
⑤ 우편, 전화, 전신 등으로 정보를 전하는 것　자신　(**통신**)

1.

2.

3. 신 상 기록 카드는 개인의 몸이나 환경 등에 관한 내용을 상세히 기록한 문서로, 아무나 볼 수 없는 정보예요.

신상(몸 신 身, 위 상 上)은 어떤 사람에 관계된 사정이나 형편을 뜻하는 말로, 신상 기록 카드는 이름을 비롯해 신체 정보, 주민 등록 번호, 학력이나 직업 등 개인적인 사항을 기록한 거예요.

1.

1. ②
고궁의 '고' 자는 '예 고(古)' 자로, 중고의 '고' 자와 같은 뜻이에요. 중간고사의 '고' 자는 '상고할 고(考)' 자이고, 충고와 고사의 '고' 자는 '알릴 고(告)' 자예요.

2. ②

3.
① 다른 나라에게 전쟁을 시작한다고 널리 알리는 것	선	전	포	고
② 경치가 좋아 이름난 역사적인 장소	명	승	고	적

선전 포고(베풀 선 宣, 싸움 전 戰, 베/펼 포 布, 알릴 고 告)는 다른 나라와 전쟁을 시작하겠다고 공식적으로 선포한다는 말이고, 명승고적(이름 명 名, 이길 승 勝, 예 고 古, 사적/자취 적 蹟)은 경치가 아름답고 역사적으로 가치 있는 장소라는 뜻이에요.

1.
① 옛날에 관리를 뽑기 위해 치르던 시험	O
② 지나간 때, 지나간 일이나 생활	

2.
양식이 왜 이렇게 복잡해.

생일에는 양식을 먹고 싶어요.

3. ③
①, ②, ④의 신부(새로울 신 新, 지어미/며느리 부 婦)는 갓 결혼한 여자란 뜻으로 쓰인 것이고, ③의 신부(귀신 신 神, 아버지 부 父)는 가톨릭의 성직자를 일컫는 말로 쓰인 거예요.

4.

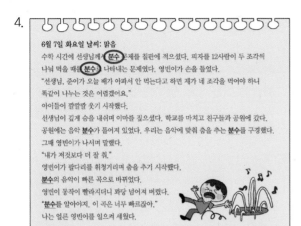

6월 7일 화요일 날씨: 맑음

수학 시간에 선생님께서 **분수** 문제를 칠판에 적으셨다. 피자를 12사람이 두 조각씩 나눠 먹을 때를 **분수**로 나타내는 문제였다. 영빈이가 손을 들었다.

"선생님, 준이가 오늘 배가 아파서 안 먹는다고 하면 제가 네 조각을 먹어야 하니 똑같이 나누는 것은 어렵겠어요."

아이들이 깔깔깔 웃기 시작했다.

선생님이 깊게 숨을 내쉬며 이마를 짚으셨다. 학교를 마치고 친구들과 공원에 갔다. 공원에는 음악 **분수**가 틀어져 있었다. 우리는 음악에 맞춰 춤을 추는 **분수**를 구경했다. 그때 영빈이가 나서며 말했다.

"내가 저것보다 더 잘 춰."

영빈이가 팔다리를 휘청거리며 춤을 추기 시작했다.

분수의 음악이 빠른 곡으로 바뀌었다.

영빈이 동작이 빨라지더니 퍽당 넘어져 버렸다.

"**분수**를 알아야지. 이 곡은 너무 빠르잖아."

나는 얼른 영빈이를 일으켜 세웠다.

분수(나눌 분 分, 셈 수 數)는 전체에 대한 부분을 나타내는 수를 가리키는 말이에요. 또 자기가 처한 처지에 맞는 자격을 분수라고 하는데, 한자는 같지만 뜻은 서로 달라요.

5.

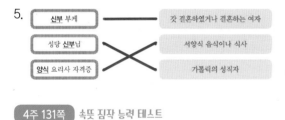

신부 부재 ─ 갓 결혼하였거나 결혼하는 여자
성당 신부님 ╳ 서양식 음식이나 식사
양식 요리사 자격증 ─ 가톨릭의 성직자

4주 131쪽 속뜻 짐작 능력 테스트

1.

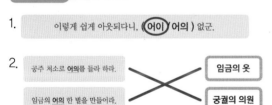

이렇게 쉽게 아웃되다니. (**어이** 어의) 없군.

2.

공주 처소로 **어의**를 들라 하라. ╳ 임금의 옷
임금의 **어의** 한 벌을 만들어라. ╳ 궁궐의 의원

3. 〈예시〉 옛날에는 <u>어의</u>가 실로 맥박을 쟀다고 한다. 그 말을 듣고 정말 <u>어이</u>가 없었다.

4주 133쪽 속뜻 짐작 능력 테스트

1.

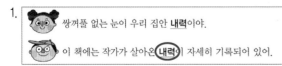

쌍꺼풀 없는 눈이 우리 집안 **내력**이야.

이 책에는 작가가 살아온 **내력**이 자세히 기록되어 있어.

내력은 지금까지 지내온 과정이나 역사라는 뜻과 조상 대대로 유전되어 내려오는 특성이란 뜻이 있어요. 보기의 내력은 지금까지 지내온 과정이나 역사를 뜻하지요. 첫 번째 문장의 내력은 조상 대대로 유전되어 내려오는 특성이라는 뜻이고, 두 번째 문장의 내

력은 작가가 살아온 과정이나 역사를 뜻해요.

2.

이제부터 용돈 기입장에 용돈 쓴 (**내역** 내력)을 잘 정리해야겠어!

3.

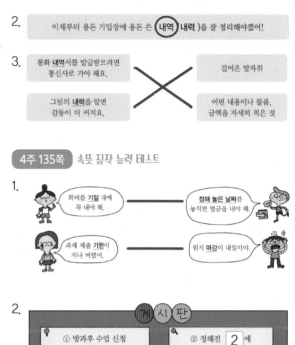

통화 **내역**서를 발급받으려면 통신사로 가야 해요. ╳ 걸어온 발자취
그림의 **내력**을 알면 감동이 더 커져요. ╳ 어떤 내용이나 물품, 금액을 자세히 적은 것

4주 135쪽 속뜻 짐작 능력 테스트

1.

회비를 **기일** 내에 꼭 내야 해. ─ 정해 놓은 날짜를 놓치면 벌금을 내야 해.
과제 제출 기한이 지나 버렸어. ─ 원서 **마감**이 내일이야.

2.

게 시 판

① 방과후 수업 신청 [1]이 금요일까지입니다.

② 정해진 [2]에 학부모 총회가 열립니다.

3.

기 일

↓

기 한

기일은 언제라고 정한 날짜를 뜻하는 말이고, 기한은 어떤 일을 언제부터 언제까지 하도록 정해 놓은 시기를 뜻하는 말이에요. '원서 접수 기일이 8일부터 12일까지야.'에서는 원서 접수 날짜를 8일부터 12일까지 시기를 정해 놓았으므로, 기일이 아니라 기한으로 적어야 바른 표현이에요.

4주 137쪽 먼저 확인해 보기

1.

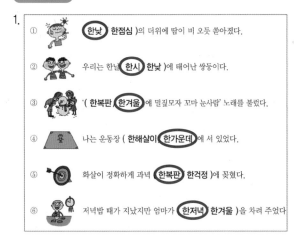

① (한낮 한점심)의 더위에 땀이 비 오듯 쏟아졌다.

② 우리는 한날 (한시 한낮)에 태어난 쌍둥이다.

③ '(한복판 한겨울)에 밀짚모자 꼬마 눈사람' 노래를 불렀다.

④ 나는 운동장 (한해살이 한가운데)에 서 있었다.

⑤ 화살이 정확하게 과녁 (한복판 한걱정)에 꽂혔다.

⑥ 저녁밥 때가 지났지만 엄마가 (한저녁 한겨울)을 차려 주었다.

2.

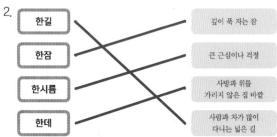

한길 ——— 사람과 차가 많이 다니는 넓은 길

한잠 ——— 깊이 푹 자는 잠

한시름 ——— 큰 근심이나 걱정

한데 ——— 사방과 위를 가리지 않은 집 바깥

4주 140쪽 속뜻 짐작 능력 테스트

1. ③

한가운데는 시간이나 어떤 장소의 가운데서도 가장 중심이 되는 곳을 뜻하는 말이에요. 한중간도 어떤 장소의 가운데를 뜻하는 말로, 한가운데와 비슷한말로 사용할 수 있어요.

2.

오늘은 올 겨울 들어 가장 추운 날씨가 예상 됩니다. 아침 출근길에는 영하 15도까지 뚝 떨어지겠습니다. 맹추위는 (4)에도 이어 져 어제보다 10도 정도 낮겠습니다. 당분간 (1) 날씨가 이어질 것으로 예상되니 건강 관리에 주의하셔야겠습니다.

3.

① 햄스터는 볍을 한데 모아 두지.

☐ 깊이 푹 자는 잠
◉ 어느 한곳에

② 형은 늦게 퇴근해 한저녁을 먹었어.

☐ 정확한 시간의 저녁밥
◉ 끼니때가 지나서 간단히 먹는 저녁